Fan
ファン文庫

百物語先生ノ夢怪談

不眠症の語り部と天狗の神隠し

著　編乃肌

マイナビ出版

目次

前夜

あかいぼんぼり　おいかけて
きまつしきまつし　とりいのむこう
てんぐさまが　よんでいる
ちいさなあのこを　よんでいる

それは私がまだ、小学生の頃の夏だった。

私の実家は石川《いしかわ》県金沢《かなざわ》市にあり、父と母、ひとつ上の姉、そして私の、家族四人で暮らしていた。

県内では『金沢』といえば都会だが、私の家はビルの代わりに木々と田んぼに囲まれた、自然ばかりがあふれる土地にあった。近隣のコンビニまで車で二十分、ド田舎とまではいかないが、まあ、田舎だろう。

そんな実家の近くの神社では、毎年八月の中頃に夏祭りが開かれる。

地域のささやかな祭りだが、赤いぼんぼりが無数に並ぶ姿が美しいと評判で、ご近所さんはみんな開催を楽しみにしていた。幼い私だって楽しみにしていたひとりだ。

だけど私は、そのぼんぼりに光が灯《とも》るところを見たことがなかった。

心配性な母が、大人同伴だろうとなんだろうと、夜に子供が出歩くことをけっして許さなかったのだ。どれだけ頼んでも首を頑として縦には振らなかった。

「ねえ、みゆきちゃんも、よしきくんも夜に行くのよ。よしきくんのお父さんもついてきてくれるよ」

「ダメよ、夜の祭りなんて危ないとこ」

「光っているぼんぼりが見たいの。お願い、お母さん」

「ダメなものはダメ。小学生のうちはお昼のお祭りだけで我慢しなさい！　ワガママ言わないの！」

理不尽だと思った。だけど、母には逆らえなかった。

父に頼んでみても、父はめっぽう母に弱いから無理だ。

昨年までならここで諦めていただろう……だけどその年の私は、往生際悪く諦めきれなかった。

今年は『虹色のぼんぼり』が特別にひとつだけ、赤いぼんぼりの群れに交じって立つと聞いていたのだ。

私はそれが、どうしても見たかった。

――そして、お祭りの夜。

私は母がお風呂に入っている隙を見計らって、姉とふたりでこっそりと家を抜け出した。

母には事前に姉と勉強すると伝え、部屋には『勉強中、立ち入り禁止』の手作りプレートも掛けてきた。

好奇心旺盛で悪ガキだった私と違い、おとなしく優等生な姉は、「やっぱりやめようよ。お母さんにバレたら叱られるよ」と最初から乗り気ではなかったが、私は「ちょっとくらい大丈夫だって！」と強引に連れていった。

こうやって姉を付き合わせるのは、よくあることだった。

優しい姉が私は大好きで、楽しいことをするならいつでも一緒がよかったから。

「ほら、行こう」

及び腰の姉の手を引いて、長い石段を上った。

石段の左右にズラリと立つぼんぼりは、火の玉みたいな赤い光を放ち、ゆらゆらと不気味に揺れていて……昼間の賑やかなだけの祭りの風景とは、一味も二味も違って見えた。夜というだけで、見慣れた神社がまるで別世界のようで、私の背筋が冷たく震えた。

姉はずっと震えていた。

他に怖がっている相手がいると、己は冷静になるものだ。それどころか、私は姉に出来心で意地悪をした。

「お祭りの夜には天狗《てんぐ》が現れるって、ひいおばあちゃんが話していたよね。歌も教えてもらったじゃん、あかいぼんぼりおいかけて……ってやつ。ぼんぼりを追いかけて鳥居をくぐったら、『ちいさなあのこ』は最後、天狗に攫《さら》われちゃうんだ」

「やめてよ、そんなこと今言わないで」

「今だから言うんだよ。歌いながら行こうか？　あかいぼんぼり……」

「やめて！」

滅多に大声を出さない姉が叫び、横を通った浴衣《ゆかた》のお姉さんがびっくりしていた。本気で拒絶されて、私はさすがに反省した。

「ご、ごめん、おねえちゃん……あの、えっと、あとでおねえちゃんが好きなりんご飴《あめ》とか綿菓子とか、買って帰ろうね。部屋でお母さんに隠れて食べようよ」

「うん……」

それからはどちらも無言で鳥居をくぐり、ただただ先へと進んだ。参道では多様な出店が誘惑してきたけれど、そちらはあと回しにして、私は目的のものだけを探した。

やがて人気《ひとけ》がまったくない、境内の裏手にまで行き着く。

ぼんぼりはそこまで続いていた。

「あっ！」

ぼんぼりの列の最後に、私はようやく虹色のぼんぼりを見つけた。

「きれい！　すごい！」

今になって思えば、虹色といっても、外側の和紙に色が塗ってあるだけなのだが、子供の私にはひどく特別に感じられたものだ。選ばれた人にしか見られない、特別なぼんぼりだと。

パッと繋《つな》いでいた姉の手を離し、ぼんぼりに駆け寄った。

私はもっと近くでよく見ようと、お面を外した。お面は、夜に祭りに来ていることが知り合いにバレないよう、昼に行ったときに買っておいたものである。

かわいいウサギをモチーフにした、子供向けアニメのマスコットキャラのお面。

姉は同じアニメの、黒猫をモチーフにした別のキャラをつけていた。私のキャラに比べれば人気がないのに、姉はグッズを集めるほど好きだったのをよく覚えている。

「ねえ、おねえちゃんもこっちに……っ！」

お面に手を掛けた状態で振り向き、私は途中で言葉を呑《の》んだ。

姉の後ろに、大きな黒い影が立っていたのだ。

古めかしい袴《はかま》姿で、一本歯の下駄《げた》を履いた……当時はわからなかった、俗に言う山伏《やまぶし》のような格好。背中には黒い羽。顔は地獄の業火のように赤く、鼻が高く伸びて、金色の目がギョロリと薄闇に浮かんでいた。

——天狗だ。

天狗が背後から、姉に覆い被さろうとしていた。

姉を、『ちいさなあのこ』を、連れていくために。

「う、あ……」

圧倒的な恐怖で喉《のど》が詰まり、出した声は掠れて無意味な音になった。手も足も、まるで金縛りにあったみたいに動かせなかった。

天狗は姉の口を塞いで抱え、そのままどこかに行こうとする。姉の白い手が、助けを求めるように私に伸ばされた。

フッと、そこでぼんぼりの灯《あか》りが消えた。

訪れた完全な暗闇。

遠く遠くで聞こえた祭囃子《まつりばやし》。

そこで私はようやく金縛りが解かれ、「おねえちゃん！　おねえちゃん！」と叫んで、姉を助けようと試みた。

だけど、再び光が灯ったとき——

姉は天狗と共に、どこにもいなくなっていた。

一夜 いまなんじ？

「駒井《こまい》さん、そこのポスターもうひとつ、入り口のドアに貼っといてくれる？」

「わかりました！」

名指しで頼まれた駒井二葉《ふたば》は、丸められたA1サイズのポスターを小柄な体に抱えた。

東京《とうきょう》都世田谷《せたがや》区、『演劇の町』とも呼ばれる下北沢《しもきたざわ》に建つ劇場。規模も歴史もそこそこで、観客の収容人数は三百人ほど。

黒い半袖Tシャツとチノパンに、首から名札を下げた二葉は、ここに派遣のイベントスタッフとして来ていた。かれこれ一か月前からこういった仕事をしている。

二葉はライトブラウンのセミロングヘアーに、大きなどんぐり目が特徴の超がつく童顔で、面接時はしきりに年齢を確認されたものだ。よく高校生と間違われるが、れっきとした成人済みの二十三歳である。

大学進学を機に上京後、四年制大学をなんとか卒業できたものの、いろいろあって就職活動に惨敗し、ひとまず繋ぎのバイトとして派遣会社に飛び込んだ。

「音響機材の準備できてるー？」

「PAさんに確認とって！」

「おーい、誰かそこバミっといてくれー！」

『PA』は音響担当のこと、『バミる』は舞台で役者の立ち位置や道具の箇所につける目印を指す、業界用語だ。

現場の人間は軒並みバタバタと忙《せわ》しなく走り回っており、それに倣《なら》って二葉も足を急がせる。

本音を言うなら、さっさと仕事を終わらせて帰りたかった。

一分一秒、ここに長居したくない。

（嫌な気配がするんだよね、ここ……。それなのにこんなイベントもやるし）

二葉は外に出て、ガラスドアの前で広げたポスターをじとりと睨《にら》む。

『怪談師・百物語《ひゃくものがたり》レイジのホラーナイト～恐怖で眠れない一夜をあなたに～』……黒地の紙面には、そんな見出しがおどろおどろしい文字で躍っていた。

劇場ではアーティストのライブや劇団の公演、ダンスパフォーマンスなど様々な企画をしているが、今回はその中でも変わり種だろう。

『怪談師』とは、怪談を語ることを生業《なりわい》とする者。

噛み砕いて言えば、怖い話を専門にする語り部である。

二葉からすると、なぜわざわざ怖い話を聞きたがるのかはなはだ疑問だが、「怖いもの見たさ」という言葉が表すように、人は恐怖を煽《あお》るものに強い好奇心を抱く。その好奇心を満たす一端として、怪談師に需要があることも確かだ。

特に今夜の主役、『百物語レイジ』とやらは話題の人物なようで、チケットは即SOLD OUT。

実話怪談のみを扱う彼は、テレビ出演しているだけでなく、本も何冊か出しているとか。怪談マニアの界隈にとどまらず、幅広い層のファンがいるらしい。

あいにくと二葉は詳しくなく、ポスターにも写真がないためどんな人物かは未知だ。だけどおかしな芸名のとおり、不気味な様相なのだろうと勝手に想像する。

（そんな奴《やつ》がこんなイベントをすると、また一段と引き寄せることになって危なく……！）

ゾワリと、そこで二葉の肌に寒気が走る。

背後から冷気。

ガラスドアに映る人影。

いる。

「358……358……358……」

二葉の後ろ、道路の真ん中に立っていたのは、スーツを着た中年男性だ。

夕闇に浮かぶシャツやストライプ柄のネクタイは、血で汚れて黒ずんでいる。青白い顔には生気が一切ない。頭の一部が潰れたトマトのようにひしゃげていて、虚ろな目はフラフラと視線をさまよわせている。

そして掠れた声で、ひたすら同じ数字を繰り返す。

（この数字ってなんの……？　ああ、ダメ。考えちゃダメ）

こちらが興味を示せば、霊に気付かれて絡まれかねない。霊は生者を羨《うらや》み、ときには危害を加えたり、自分と同じ目に遭わせようと命を脅かしたりさえする。

下手に目でも合えば危険だ。

息を殺し、心を無にしてやり過ごす。

「358……」

やがて男性はスッと姿を消した。二葉は「はあー……」と詰めていた分の息を吐く。

――二葉には先ほどの男性のような、『霊』の類いが視《み》える。

小学生の頃に起きたとある出来事以来、欲してもいない霊感が目覚め、いらぬ苦労ばかりさせられてきた。

就職に失敗したのもそのせいだ。受ける会社、受ける会社、すべてに霊が住み着いていた。面接官の後ろで、天井から吊られた女性がブランコよろしく揺れていたときは、志望動機を述べる前に悲鳴が出た。

就活生の間で聞いた噂によると、会社側からのひどいパワハラを苦に、あの面接室で首吊り自殺があったらしい。

霊はなにかしらの未練を理由に、肉体が朽ちても思念だけでこの世に残る。

未練にもいろいろあるが、もっとも厄介な未練は〝怨《うら》み〟だ。きっとあの会社は長くは持たない。死者の怨みはどこまでも執拗で、恐ろしい影響を及ぼすことを、二葉はこれまでの経験からよくよく知っている。

(さっきの数字を唱えていた男性も、なにか怨みを抱えて……)

ダメだとわかっていて、二葉がまたつい考えそうになったとき、「そこの派遣の子、暇ならこっち手伝って!」と中から呼ばれた。

二葉は慌ててポスターを貼ると、劇場内へと戻っていった。

＊　＊　＊

「皆さま、長らくお待たせいたしました! いよいよ、人気絶頂の若手怪談師・百物語先生のご登場です! 眠れない恐怖の一夜、夜ふかしの準備はできておられますか? それでは先生、どうぞ!」

場違いなほど明るい司会者が、ステージの上で大仰に片手を上げる。すると満員のお客からは盛大な拍手が上がった。

その様子を、二葉は非常時の避難誘導スタッフとして、客席の後方から立ったまま眺めている。

（百物語先生、ね）

想像した不気味な様相を拝んでやろうと、ステージに注目する。

だが上手《かみて》から出てきた人物は、二葉の想像とは遠くかけ離れていた。

「わあ……」

現れたのは、つい感嘆が漏れるほどの美青年だ。

歳《とし》は二葉より、三つか四つほど上だろうか。サラサラの髪はフロントが少し長く、女性相手でなくとも『烏《からす》の濡羽色《ぬればいろ》』と称するにふさわしい。顔立ちは信じられないほど整っていて、シュッとした輪郭に高い鼻梁《びりょう》、荒れ知らずの白雪のような肌、切れ長の瞳と、パーツのひとつひとつが完璧である。

ただ目元にくっきり刻まれた隈《くま》がひどく、それが彼の麗容を、どこか儚《はかな》げで妖しいものにも変えていた。舞台メイクで隠さないのはあえてだろう。

（なんだろう……とっても綺麗だけど、簡単に消えちゃいそうな人）

ちょうどあのロウソクの灯りみたいにと、二葉は彼の格好をしげしげと見る。彼はスラリとした体躯《たいく》に白シャツと黒のスラックスを身に着け、その上に着物の羽織を纏《まと》っていた。深い青地の羽織は、火のついたロウソクが何本も裾に並ぶ、あまり見かけない柄だ。

稀有《けう》な容姿に、洋と和を合わせた物珍しい格好。

そんな彼がライトを浴びて舞台に立つ姿は、あまり現実味がなかった。

「……こんばんは。今夜は僕の怪談ライブにお集まりいただき、どうもありがとうございます。初めましての人は初めまして、かな？　僕が今宵《こよい》の恐怖への案内人・百物語レイジです。物好きな皆さんと、こうしてお会いできて光栄です」

『物好きな皆さん』という言い回しに、会場からは小さく笑いが起きる。摑みはＯＫだ。

いや、わざわざ笑いなど取らずとも、レイジが口上を述べた瞬間に、会場の空気も観客の意識も、すべて彼が掌握してしまった。

レイジの低く艶《つや》のある声には、人を惹き付ける力がある。

「さて――ロウソクの火が灯るこの夜。皆さんにはいくつか、僕のとっておきの怪談話をいたしましょう。どうぞ最後まで、お心を鎮めてお聞きください」

レイジが羽織を靡《なび》かせて、ステージ中央に置かれた木製の椅子に腰掛ける。セットはそれひとつだが、レイジひとりいれば充分だ。

「まずは十八番ネタから……タイトルは『廃墟の遊園地と兄弟』」

レイジの怪談ライブは淡々と進んでいった。

彼の語りは軽妙で、『廃墟の遊園地と兄弟』を皮切りに、『出られない屋敷』『隣人の不可解な頼み』『ある事故物件の秘密』……などなど、どの話も最初から最後まで興味を掻《か》き立て、手に汗握る緊張感を与えたかと思えば、ゾクリと背筋を冷やしてくる。

美声もあいまって、二葉はいつの間にか前のめりに聞き入っていた。

そして気付けば、あっという間に時間は残りわずか。

「寂しいけれど、次が最後のお話です。これは今夜、この会場で話すためだけに仕入れたネタですよ。タイトルは『数字を繰り返す男』……皆さんは『３５８』といえば、なんの数字かわかりますか？」

二葉はぎょっとする。

（これってまさか、あの男性の霊のこと……？）

会場からはレイジの問いかけに対して、「なんだろう？」「聞いたことあるような、ないような……」「マンションの部屋の番号？」なんてざわめきが広がり、誰かが「俺の年収！」なんて大声で言って失笑を買っていた。

にんまりと、レイジは形のいい唇を吊り上げる。

「答えは僕の話を聞いていれば、自《おの》ずとわかるはずですよ。この劇場の周辺では、その

『358』という数字を繰り返す男の霊が、数年前から何度か目撃されています。スーツを着たサラリーマン風の男は、頭に損傷を負った血まみれの状態で、ただその数字を呟きながら徘徊《はいかい》しているとか。数字については憶測が飛び交い、また目撃者のひとりは、震えながらこう証言していました……『彼はまるでなにかを捜しているようだった』と」

二葉はそう言われてみて、男性がフラフラと視線をさ迷わせていたことを思い出す。

「ここからは、僕が調べたひとつの真実。実は七年ほど前、この劇場近くの交差点で轢《ひ》き逃げがありました。仕事帰りのサラリーマンが、青信号を渡っていたところ、信号を無視した車に思い切りはね飛ばされたんです。被害者は頭部への外傷がひどく、そのまま亡くなってしまった。轢き逃げ犯はいまだ捕まっていません。……ここまで話したらもう、数字の意味に勘付かれましたか？」

二葉の位置からは聞こえなかったが、前方のお客が小声で答えを当てたのだろう。

レイジは「正解」と、羽織に描かれたロウソクの火を揺らすように、パチパチと拍手を送った。

「答えは、車のナンバー」

（車の？）

免許を持たない二葉には、明かされてもピンと来ない。

「通常なら車のナンバープレートは、ランダムに発行されますね。だけど特別な手続きをすれば、希望のナンバーをつけることもできる。記念日や語呂合わせで設定する人もいるでしょうが、縁起のいい『幸運の数字』として、密かに人気が高いのが『358』です」

その理由としては、仏陀が悟りを開いたのが三十五歳八か月のときだったから、旧約聖書にも出てくる聖なる数字だから、物語『西遊記』に登場する三蔵法師《さんぞうほうし》のお供の名が『沙《さ》（3）悟浄《ごじょう》』・『孫悟《そんご》（5）空《くう》』・『猪八《ちょはっ》（8）戒《かい》』だから……と、諸説はあるらしい。

また風水的にもよいとされていて、こじつけだと断じられたらそれまでだが、一定数に信じられていることは事実。

しかしながら、轢き逃げに遇った男性にとっては、それは不幸を表す数字となった。

「男性は死の間際、薄れる意識の中でその数字だけ記憶したのでしょう。たとえ助かっていたとしても、よくあるナンバーの一部だけでは車の特定は難しいですが、男性はずっと捜しているんです。自分を轢き逃げした車を……殺した、犯人を」

しん、と静まり返る会場内。

冷えた空気が場を包む中、レイジの真横にぼんやりと人影が立つ。

「あっ……！」

つい声を出してしまい、二葉は近くのお客から振り返って睨まれ、レイジの視線も一瞬だが二葉に行った。慌てて口元を押さえて縮こまる。

その人影は、話の中心である男性の霊だった。なぜか彼の瞳からは一筋の涙が流れている。

（百物語先生は、あの霊に気付いているの……？）

会場内で気付いたのはおそらく二葉くらいだが、レイジが気付いているかは正直わからない。

パンッと、そこでレイジが柏手《かしわで》を打つ。それはこの怪談ライブの幕引きの合図だ。

彼は立ち上がって優雅にお辞儀をした。

「さあ、ロウソクの火を吹き消して、今宵の百物語はここでおしまい。最後までご清聴ありがとうございました。語り部は僕、百物語レイジでお送りしました。――また火が灯る夜に、お会いいたしましょう」

「おい」

（んん？）

ライブ終了後、二葉は撤去作業の一環で、しゃがんでステージ床のバミリ用のテープをペリペリと剝《は》がしていた。意外と剝がれにくくて、先ほどから苦戦している。

「おい、聞いているのか」

（これ本当に剝がれないなあ……なんか道具がいるかも。工具箱もらってこようかな）

「そこのスタッフの女、お前だ」

（そういえば、さっきの霊はどうなったんだろう。ライブが終わってからは見ていないけど……）

「無視とはいい度胸だな」

（泣いていたし、まさか成仏した？　それともまだ轢き逃げ犯を捜して……）

「耳がついていないのか？」

（そもそも百物語先生の語った内容って……）

「おい！」

「きゃっ！」

ほぼ真後ろから怒鳴られ、二葉は飛び上がった。そこでようやく、ずっと呼ばれていたらしいことに気付く。

「す、すみません！　ぼんやりしていて……って、えっ⁉」

振り返って謝罪する途中で、これまたびっくり。

不機嫌そうに腕を組んでいたのは、思い浮かべていたレイジその人だった。

特徴的な羽織は脱いでいるが、近くで見ると上背が二葉の予想よりあって、精巧すぎるお人形のような美貌である。隈もやはり濃い。

だけどなにより……。

「俺のライブを真剣に聞いていたわりに、その耳は飾りだったのかと思ったぞ。さっさと返事をしろ」

「は、はい……」

「ふん、どんくさい奴だな」

(なんか別人じゃない⁉)

ステージにいるときはもっと、美しくも儚げな人物だったはずが、二葉を睨み付ける今の彼は傲岸不遜《ごうがんふそん》な態度だ。一人称も『僕』から『俺』に変わっている。

(まさか、ステージの方がキャラ作り……?)

そうだったら残念すぎると、二葉は軽くショックを受ける。

ロウソクの灯りみたいとかたとえたのに、これでは爆竹とかの方が似合う。

「というかあの、なんで私が真剣に聞いていたって……」

「ここで話すことではないな。人のいないところに移動するぞ、ついてこい」

「ちょっ！」

舞台を下りて出口に向かうレイジを、二葉は追うべきかしばしためらう。だけど彼に「グズグズするな」と理不尽にも叱責を飛ばされ、やむを得ず従った。

喫煙ルーム前の廊下は人気がなく、レイジはそこで足を止める。二葉は改めてレイジと向かい合った。

「……それでいったい、私になんの用なんですか」

レイジは鋭く瞳を光らせながら、悠然と腕を組む。

「単刀直入に聞く……お前、霊が視えているな？」

「えっ……」

ギクリと、二葉は体を強張《こわば》らせた。

これにはどう答えるべきか、瞬時に頭を巡らせる。

(この人も私と同じ、霊感があるタイプ……？　でも質問の意図や目的がわからない。下手に頷かない方が……)

小中学校時代は霊に過剰に反応してしまって、ウソつき呼ばわりされたり気味悪がられたりと、散々だった。高校からはどうにかごまかしてきたが、二葉は安全策をとって素知らぬふりをする。

「なんのことか、私にはよく……」

「とぼけるな。客席の様子は、ひとりひとり観察させてもらっていた。スタッフのお前もだ。ライブの最後に見たんだろう？　俺が語った、数字を繰り返す男の霊を。頭に怪我のある、スーツ姿でドット柄のネクタイをした……」

「え？　ネクタイはストライプ柄じゃ……あ」

なんとも初歩的なカマ掛けにやられ、レイジに「やはり視えていたな」と確信を与えてしまう。

（わ、私のバカ！）

二葉は己の迂闊《うかつ》さを呪った。

「しかもかなり強い霊感だな……理想的だ。お前、俺の専属アシスタントにならないか？　お前くらいの霊感ならピッタリだ」

「アシスタントですか……？」

「以前に雇っていた奴が辞めて久しくてな。不便な思いをしていたんだ。ついでにお前は、料理や掃除などの家事はできるか？」

「えっ？　ま、まあ一とおりは……」

一人暮らし五年目ともなれば、それなりにできる。それにもともと、二葉は綺麗好きな方で、料理も節約飯のために覚えたが嫌いではなかった。

「よし、合格だ……名前は駒井二葉か。ふぅん、上にきょうだいがいそうな名前だな」

一方的に合格判定を出したレイジは、二葉の首から下がる名札のストラップを、くいっと指先で引っ掛けた。

必然的に近付いた距離に、彼氏いない歴が年齢の二葉はうろたえる。

いや、うろたえたのは距離感のせいだけではない。

「な、なんで、私にきょうだいがいるって……！」

「なんだ、図星か？　お前が葉っぱ二枚なら、上に一枚の奴がいそうだと思っただけだ。だが呼びかたはコマの方がいいな。そちらの方が呼びやすい。俺の手足となって動く〝駒〟にぴったりだ」

「誰がコマですか！　犬みたいに呼ばないでください！」

「お前は犬というより独楽鼠《こまねずみ》の方だろう、サイズが小さい」

「鼠でもありません！」

(初対面でなんなの、この人！)

レイジの横暴さに、二葉はさっさと申し出を断ろうとした。しかしその前に、レイジがストラップから指を離し、すべて見透かすような目を向けてくる。

「見たところ、お前は正規の劇場スタッフではないな？　作業を行う手も慣れていなかったし、この名札も臨時スタッフ用だ」

「確かに私は……派遣で来ているだけですが……」

「給与には満足しているのか？　俺のところで働くなら、時給で今のところの三倍は出そう。働きによってはそのつどボーナスもくれてやる」

「ウソ⁉」

反射的に二葉は食いついてしまった。

正直なところ、二葉の生活はかつかつだった。三食まともに食べられておらず、毎月アパートの家賃を払うので精一杯だ。金沢にある実家に戻るのだけは嫌で、どうにかやりくりはしているが、切実にお金は欲しい。

（でもでも！　こんな奴のとこで働くなんて！　内容も怪しすぎるし！）

「だいたい怪談師のアシスタントって、なにをすれば……」

「詳細が知りたければここに来い。午前中ならば比較的いるし、場所がわからなければ電話しろ」

レイジがスラックスから名刺を取り出す。ロウソクの絵が描かれた名刺には、彼の事務所だろう住所と連絡先、それと小さく本名もあった。

（物部礼二《もののべれいじ》っていうんだ……自分だって、上にきょうだいがいそうな名前じゃん）

名刺にじっくり目を通す二葉に、フッとレイジが微笑《ほほえ》む。

その愛想のいい綺麗な笑みは、彼がつい一時間ほど前まで、ステージでライトを浴びていたときのものだ。

「――君が来るのを、僕はずっと待っているよ」

「っ！」

「じゃあな」

そしてまた素に戻り、レイジは踵《きびす》を返して去っていった。

「……もしかして私、霊より厄介なのに絡まれたかも」

残された二葉はなにがなんだかわからないまま、ただぎゅっと、無意識に名刺を持つ手に力を込めた。

＊　＊　＊

翌日の午前十時頃。

梅雨入り前の爽《さわ》やかな風が吹く中、二葉は悩みに悩んで悩み倒した挙げ句、派遣の仕事もなく暇だったことと、今月の電気料金の高さが決定打で、渡された名刺の住所へと足を運んでいた。

(実際に働くかどうかは置いといて、まずは詳細を聞く！　それから決めたって遅くはないはず！)

朝からそう何度も唱えている。

幸い目的地は、二葉のアパートから電車一本で行ける場所だった。

繁華街の外れにある古い雑居ビル。四階建てで、一階は喫茶店、三階から四階はテナント募集中、レイジがいるのは二階のようだ。事務所兼自宅といったところだろうか。

(稼いでいそうだったし、もっといいところに住んでいるのかと思ったけど……生活は質素なのかな)

階段を上ると、すぐのところにドアがあった。ネームプレートには本名と芸名の両方が記載されている。

意を決して、二葉はチャイムを押した。

「ん？」

しかし、無反応。

間を空けてもう一度押してみるが、やはり無反応。

（留守なのかな……）

二葉はいったん引くべきかと考えるも、そこでドアがわずかに開いていることに気付く。鍵はかかっておらず、中に人はいるようだ。

普段の二葉なら常識的にしないが、「強引に呼んだのはあっちなんだし！」という大義名分で覗《のぞ》く。

室内はコンクリートが打ちっ放しで、窓を背に置かれた作業用デスクと、その前にローテーブル、テーブルを挟む形で革張りのソファがふたつ見えた。片方のソファには長い脚を投げ出して、レイジらしき人物が寝転がっている。顔は二葉の位置からは見えないが、体格的におそらく彼だ。

（……寝てる）

おそるおそる、二葉はドアを開けて一歩踏み込んだ。すると、中がとても汚いことが判明する。

ローテーブルにはカップラーメンの空の器が積まれているし、ソファの背には服がぐちゃぐちゃに掛けてあるし、デスクは本や書類が山積みだ。埃が飛んできて、ケホッと咳をする。

「こ、これはひどい……」

「そのひどいここを、マシにするのもお前の仕事だぞ」

二葉が唖然としていると、ムクリとレイジが起き上がった。黒シャツに細身のパンツというラフな格好で、艶やかな黒髪には小さく寝癖がついている。

だが寝ていたはずなのに隈は相変わらずだ。むしろ昨日より濃くなっているようにも、二葉には感じられた。

「つまり私はハウスキーパーということですか……？　というか、鍵を掛けずに寝るなんて無用心ですよ」

「いいんだよ、誰か来たら気配で起きる。どうせ今はたいして眠れない……怪夢を見ている途中だからな」

「かいむ……？」

ガリガリと面倒くさそうに、レイジは寝癖ごと髪を掻く。

「お前にはハウスキーパーとしての仕事と、アシスタントとしての仕事がある。さっそくアシスタントの仕事だ。いまから俺が言うワードを、そこのデスクのパソコンを使ってメールで送れ。宛先はメールボックスの一番上に出てくるやつだ」

「はっ!?　私まだ、正式に働くお返事なんてしていませんよ！」

そもそも来たばかりだ。出迎えの言葉のひとつくらい、くれてからでも遅くはない。

「御託はいいから早く送れ」

「……もう！」

しかしろくに逆らえず、二葉はもう遠慮なくズカズカ室内に入っていって、示されたデスクのところまで行った。

書類に埋もれたノートパソコンを開く。パソコンはすでに立ち上がっていて、メールのアイコンをクリックする。

「この『蒼乃《あおの》ランプ』って人宛でいいんですね？」

「そうだ」

名前の系統からして、怪談師の同業だろうか。メールではずいぶんと頻繁にやり取りをしているようだ。

「不要な文は一切いらない。『首のない女』『赤いコート』『逆さま』『レストラン・アネモーヌ』……このワードだけ書いておけ」

「……まったくわけがわからないんですが」

「送ったあとにちゃんと説明してやる」

二葉は深く考えることを保留にし、指先だけを動かした。

「送りました！」

「よし。早くて十分、遅くて十五分以内に返信は来る。待つ間、そっちのソファにでも座っていろ。初日だから特別に俺が飲み物でも淹《い》れてやる。コーヒーでいいな」

「あっ、は、はい」

ようやくソファから立ち上がったレイジは、奥のドアへと進んでいった。あのドアの向こうが居住スペースらしい。

二葉はおとなしく、レイジがいた方と反対のソファに座って待つ。テーブルの上のカップラーメンのゴミは気になるが、今はスルーするしかない。若干生ゴミ臭くても我慢である。

程なくしてレイジは、マグカップをふたつ持って戻ってきた。

「ほら、ありがたく飲め」

「……どうも」

レイジの俺様な態度に、二葉もしかめっ面で返す。コーヒーはちょっと飲んだだけでも、コクのあるプロ並みの味わいだったが、素直においしいと認めるのは癪《しゃく》だ。

黒い水面を睨む二葉の正面に、レイジは優雅に足を組んで腰掛ける。

「さて、なにから話すかな」

「ええっと、物部さんがさっき言っていた……」

「本名はやめろ」

　ピシャリと、冷たく咎《とが》めるレイジ。

「俺のことはとりあえず『先生』と呼べ。わかったな、コマ」

（それなら私も、コマはやめてほしいんだけど……！）

　そう抗議したかったが、二葉は話を進めるためにぐっとこらえた。一拍間をあけて、

「先生がさっき言っていた『かいむ』ってなんですか？」と尋ね直す。

「順を追って話すか……まず言っておくが、俺にはお前のような霊感があるわけじゃない。霊は視えないし、声も聞こえないし、存在も感じない」

「は……？　で、でも先生、劇場にいた霊の、ネクタイの柄を知っていましたよね？　霊が視えないのになんでわかるんですか⁉」

「あれは夢で見たんだよ」

「ゆ、夢？」

　すでに二葉は混乱している。

「俺は一般的な霊感とはまた違う、もっと面倒な体質を持っている。体が勝手に近くにいる霊の思念を取り込んで、その霊に纏《まつ》わる夢を見るんだ」

「霊の夢を見る体質……？」

「特に強い未練を持った霊の、な。俺はそれを『怪談の夢』と書いて『怪夢』と呼んでいる。この言葉自体は国語辞典にも載っているし、かの小説家・夢野《ゆめの》久作《きゅうさく》の作品のタイトルにもなっているな」

「夢野久作は私も知っていますけど……」

読むと精神に異常をきたす本として有名な、日本三大奇書のひとつ『ドグラ・マグラ』の作者だ。残念ながら二葉は著作をどれも未読だが、レイジは怪談師としてこういった分野にも詳しいらしい。

コーヒーをひと口啜《すす》り、レイジはふうっと息を吐く。

「おぞましい怪夢なんていくつも見てきた。例えばあの劇場にいた霊は、奴が交差点の真ん中で倒れている映像から始まって、致命傷の状態で起き上がったかと思えば、あの数字を俺の脳に刷り込むみたいに囁《ささや》いてきたぞ、毎晩な」

「毎晩⁉」

「夢は強制で、寝れば嫌でも見せられるからな」

（私だったら正気ではいられなさそう……）

温かいカップを両手で持ったまま、二葉は青ざめる。現在進行形で霊に悩まされている二葉には、レイジの状況がいかに過酷かたやすく想像できた。

レイジは「そのせいで年がら年中、寝不足の不眠症だ」と、隈に縁取られた目元を指でつつく。

「怪夢を止める方法は、その霊の真実を解き明かすこと……霊にある背景や想いを理解して初めて、ようやく体から思念を追い出せる」

「真実を解き明かすって、どうやって……」

「夢だけでは情報が足りない。だから手始めに、夢で見た内容と同じ怪談話を探すんだ。強い思念を持つ霊というのは、人に広く目撃され、必ず噂になっている。そこからまた情報を集めていくんだよ」

「な、なるほど」

まるで探偵のようなこともしなくてはいけないらしい。生きた人間を追うのではなく、霊を追う探偵だ。

「じゃあ先生は特に、霊を成仏させるとかそういうことは……？」

「するわけないだろ」

レイジは苦々しい顔で、素っ気なく言い放つ。

「たまになにを勘違いしたのか、俺に除霊やお祓《はら》いを頼んでくる輩《やから》もいるが、専門外だ。

俺は怪談師だぞ？　できるのは得た真実を語るくらいだ。……まあそれが、多少なりとも霊への慰めにはなるようだがな」

「慰め、ですか？」

「俺が語ることで、聞いたお客もまた真実を知ることになる。生きている者に、正しく自分の死について知ってもらうというのは、霊にとっては心救われることらしい。夢の最後に礼を言われたことがある」

（……あの劇場にいた霊も、泣いていたもんね）

きっと彼の未練も怨みも、まだ一切晴れてなどいないし、今もこの世に留《とど》まって轢き逃げ犯を捜しているだろう。それでもレイジの語りを聞いたあのときは、一瞬でも救われた思いだったのかもしれない。

（俺様でムカつくけど……私より余程大変な状況なのに、ちゃんと霊と向き合って対処しているのはすごいな。そこは尊敬できる、かも）

二葉がちょっぴりレイジに感心したところで、ピロンッとパソコンが鳴った。メールの返信が届いたようで、レイジに「読み上げろ」と命じられる。

（やっぱりムカつく！）

渋々カップを置いて、二葉はパソコンの前に移動する。

「ちなみに、私がメールで送ったワードって……？」

「見始めたばかりの、新しい怪夢の内容だ。そのワードに関連した怪談話はないか、同業者に探させた」

「あの……その同業者、めちゃめちゃ怒っていますよ……」

二葉が目を通したメールの返信は、出だしからレイジへの文句が長々と綴《つづ》られていた。

『てめぇレイジこの野郎！　毎回単語だけ送ってきやがって！　お願いしますとか、いつもありがとうございますとか、一言ねぇのかよ！　オレだって暇じゃないんだからな！　この前の数字を繰り返す霊の話だって、誰が見つけてやったと……』

「あー、いらんいらん。そこは読み飛ばせ。本題だけでいい」

うっとうしそうに手を振るレイジに従い、二葉はスクロールバーを下げる。この蒼乃ランプという人物は、どうやらレイジにいいように扱われているようだ。

『今回のワードに関する怪談話は、オカルト系の投稿サイトやブログ、怪談師連中のネットワークでも、いくつかヒットしたぞ。一番当てはまるのはこれだな』……ＵＲＬが貼ってありますね」

「クリックして、出てきた話も読め」

「わかりましたけど……うわっ」

パッと画面が切り替わり、青白い火の玉が浮かぶ、やたら薄暗いサイトへと案内される。『恐怖のトビラ』というそのサイトは、誰でも匿名で怖い話を投稿できるようだ。

「よ、読みますね……」

【みゆうみゆうさん（二十六歳　女性　ＯＬ）の投稿】

こういうサイトには初めて投稿します。文章とか書き慣れていないので、うまく書けていないかもしれませんが、最後まで読んでもらえたら嬉しいです。

これは昨年、私が遭遇した恐ろしい体験です。

蟬《せみ》が鳴く、とても暑い夏の日のことでした。

その日は仕事がお休みの土曜日だったのに、後輩が大事な会議のデータを誤って削除したとかで、私は休日出勤をさせられていました。上司は私の教育が悪いと騒ぐし、データの復元には手間取るし、当の後輩は先に帰るしで、もう散々で……ああ、ごめんなさい、これはただの愚痴《ぐち》です。

帰る頃には夕方になっていて、私はお昼も食べていませんでした。せめておいしいものを食べて帰ろうかなって、雑誌で見たレストランに行ってみることにしました。

でも、どんなレストランだったかは、まったく覚えていません。

目の前まで行ったのに、結局入れなかったからです。休業日だったとか、そういうわけではなく……。

レストランは新しいファッションビルの横にあって、ふたつの建物の隙間に挟まるように、赤いコートを着た女性が立っていたんです。

真夏にコートですよ？　おかしいじゃないですか。

でも通りすがる人は誰も、浮いた格好の彼女に目もくれず……ますますおかしいなって。

最初、私の位置からは女性の顔が見えず、気になったので体をずらして確認しました。

そしてすぐ、確認したことを後悔しました。

その女性には首から上が……スッパリ切断されたように、丸々なかったんです。

しかも両手でボールのような物を抱えていました。逆さまになった人間の首です。彼女は自分の頭部を抱えていたんです！

グルンッと彼女の顔がこちらを向いて、下から睨み付けてくるような目と、私の目がバチッと合いました。

「いま……な……んじ？」

女性はそうボソボソと口にしました。

はっきりとは聞き取れませんでしたが、おそらく私は「今何時？」と時間を聞かれたようです。だけど怖くて怖くて、答える余裕なんてありません。

私は必死にわからないと伝えようと、なんとか首を横に振りました。

女性の視線がそこで外れます。その隙に私は走って逃げました。

通行人にぶつかって怒られましたが、知りません。おいしい料理なんて、もうどうでもよかったです。

……これで、私の話は終わりです。

結局、あの女性がなんだったのか、なぜ時間を尋ねてきたのかは不明なままです。あれ以来、誰かに時間を聞かれる度にビクビクしてしまいます。

だから私には聞かないでください……「いまなんじ？」って。


読み終わって、二葉は押し黙った。

いかにも素人の体験談といった感じだが、それゆえにリアルな身近さがあって、普通にこんな霊に遭遇したら嫌だし怖いなと思った。

いくら霊なんて日常茶飯事でも、二葉の恐怖を感じる回路は別に麻痺はしていない。

嫌なものは嫌だし、怖いものは怖い。

（でもこの怪談話には、謎が多いな……）

レイジもカップをテーブルに置いて、俯《うつむ》いて考え込んでいる。

「さすがはランプだ。確かにこの話は、俺の見た怪夢と内容がほぼ一致している」

「先生の夢はどんな感じだったんですか……？」

「女の全容はこの話と同じだ。ソイツは『アネモーヌ』という名のレストランのそばに立っている。なにか呟いてはいたが、夢では言葉まで聞き取れなかった……この怪談話のとおりなら、時間を尋ねていたようだな」

「時間を尋ねる霊って、私は会ったことないです」

ただこの投稿者の聞き間違いという線もあるし、こういう話は創作の部分も多い。ここはもっと調べてみないといけないだろう。

「それから、夢と違うところも一点。俺の夢では、レストランの隣はファッションビルではなく、工事現場だった」

（工事現場……ってことは、もしかしてそのビルが建つ前？）

いつの間にか、二葉も真剣に考えてしまっている。

レイジはいったん思考を切り上げたようで、その綺麗な顔を上げた。

「メールに戻れ。他にランプからの情報はないか？」

「あ、はい！　……というか今さらですけど、先生が自分で読んだ方が早くないですか」

文句をこぼすと、「寝不足の目にはブルーライトがキツいんだ」と存外切実な弱音が返ってきて、二葉はそれ以上なにも言えなくなった。

サイトを閉じて、メールの文面を追い直す。

「続きです。『この話はキーワードに全部該当するだろ？　ただ投稿者が都内在住だったかは不明。アネモーヌってフレンチレストランは一軒池袋《いけぶくろ》に発見したから、地図を一応送っとく。もうちょい調べて、またなんかあったらメールするわ。感謝しろよな！』だそうです。このランプさんって人、短時間でここまで調べたんですね」

「ランプはネット怪談を中心に扱う怪談師で、本職はフリーのＷＥＢデザイナーだ。ネットを使っての情報収集には強いんだよ」

「ネット怪談っていうと……『きさらぎ駅』とか『八尺様』とか？」

『ネット怪談』とは、２０００年代のインターネット黎明《れいめい》期に、掲示板サイトなどに投稿されて爆発的に流行した、ネット界の選《よ》りすぐりの怪談話のことだ。今でも根強い人気があり、映画やドラマなどの題材にもされている。

「他にも『くねくね』や『コトリバコ』あたりは有名だし、『ひとりかくれんぼ』は誰でも一度はやるな」

「いや、やりませんよ……」

レイジがボケたのかどうかすらわからないが、二葉は一応ツッコミを入れておいた。

ボケたのだとしたら、意外とお茶目な一面もある。

「ランプが調べている間に、俺たちも動くか。まずはそのレストランの方に行ってみるぞ。コマも用意しろ」

立ち上がったレイジが、ソファの背に掛けてあったジャケットを羽織る。ダークブラウンのテーラードジャケットは、細身なレイジの肢体にピタリと合い、品のある佇《たたず》まいに二葉は見惚《みと》れてしまった。

(あの特徴的なステージ衣装じゃなくても、先生は充分人目を惹《ひ》くよね……って)

しかしながら、時間差でハッとする。

「待ってください、私も行くんですか⁉」

「アシスタントなんだから当然だろ？」

「だから私まだ、正式に働くなんて言っていませんって！」

「なんだ、お前は赤コートの女の〝真実〟を知りたくないのか？」

「えっ？　そ、それは……」

確かに、なんで首を逆さまに持っているのだろうとか、どうして時間を尋ねてくるんだろうとか、そもそもの死因や未練はなんなのだろうとか……下手に中途半端な情報を齧《かじ》ったせいで、疑問が膨らんでモヤモヤを抱えているのは事実だ。

またもとより二葉は、好奇心の強い質《たち》である。

過去にそれで取り返しのつかないことになり、霊に深く関わらないためにも抑制してきたが、久々に抑えられない欲求が湧いていた。

霊感のことを隠さなくていい上に、自分より余程特殊な力を持つレイジの存在が、その欲求を掻き立てているようだ。

(知ろうとなんてしちゃダメ。ここで退《ひ》くのが正解だ。でも……)

「……し、知りたい、です」

葛藤の末にそう答えた二葉に、レイジは「それならついてこい」と口角を上げた。まるで二葉の答えなど、最初から読んでいたと言わんばかりだ。

(「好奇心は猫をも殺す」って言葉、あったよね)

九つの命を持っているとされる猫でさえ、好奇心が原因で命を落とすという諺。

二葉は猫ではないし命はひとつだが、足はもう自然と、ドアに向かうレイジのあとを追いかけていた。

大通りでタクシーをつかまえて、二葉とレイジは後部座席に乗り込んだ。移動中の無言はつらいので、二葉は気になっていたことをレイジに尋ねてみる。

「あの……新しい怪夢を見る度に、先生はこんな調査をしていると思うんですが、怪夢ってひとつ解いてもまたすぐ次が始まるんですか？」

「次の思念を取り込み次第、だな。三日も置かず始まることもあれば、最大一か月半ほど夢を見ずに済んだこともある」

「最大安眠期間、短くないですか……⁉」

二葉の大声と共に、車体が軽く揺れた。赤信号で停まったらしく、窓の外には二次元キャラクターがでかでかと描かれたアニメショップの看板が見える。そのショップの前をたくさんの人が行き交っていた。

そんな池袋の街並みを横目で流しながら、レイジは「どちらにせよ、怪夢を終わらせていくしかないんだよ」と無感情に述べる。

「ついでに怪夢を解くのにかかった最大期間は、今のところ四か月だ」

「四か月……」

それはつまり四か月間、同じ霊の夢を見続けたということだ。

「あのときは沖縄《おきなわ》まで出張したな」

「お、沖縄？　あのサーターアンダギーがおいしい沖縄ですか？」

「ソーキそばも旨《うま》かったぞ」

　最近は常に空腹を抱えている二葉は、昼時なこともあって、ぐうっとお腹を鳴らしてしまった。

　だが今レイジに聞きたいことは、沖縄料理の感想ではない。

「先生って、どのくらいの範囲で霊の思念を取り込むんですか？　私はてっきり、二十三区内くらいだと……」

「基本はその範囲だ。ただごくまれにだが、関わった人間に霊の思念が憑《つ》いていたとき、それを取り込む場合もある。その人間が遠方の出なら、調べるためにそこにも行くな。一応聞いておくが、コマの出身はどこだ？」

「金沢ですけど……」

「もしコマに霊の思念が憑いていたら、俺はいつかそれも取り込んで、お前の地元まで出張するかもな」

「わ、私に思念なんて憑いてないですから！」

「そうとも言い切れないぞ？　案外霊感持ちでも、自分がいざ憑かれたら気付かないらしいからな」

意地の悪い顔で脅かしてくるレイジに、二葉の脳裏にふと幼い少女の顔が浮かぶ。遠い過去に聞いた祭囃子の音も、耳奥で蘇《よみがえ》った。

（ち、違う違う……！　不吉なこと考えないで！）

二葉は自分を戒め、胸元にぎゅっと手を当てる。

（……おねえちゃんは、死んでなんてない）

バックミラーに映る二葉の沈痛な面持ちに、レイジは瞳を細める。それから程なくして、運転手が「着きましたよ」と告げた。

『アネモーヌ』という名のレストランは、個人経営らしいこぢんまりとした店構えだった。木製のドアの前にはメニューボードが立っていて、オシャレな文字と一緒に料理の写真などが貼ってある。

隣のファッションビルはホワイトとグレーの二色の建物で、壁がだいぶ新しい。レストランに比べると最近できたことは明白だ。

「あ、先生！　これ……！」

二葉はレストランとビルの間、怪談話では赤コートの女がいたという隙間に、花束が置かれているのを発見した。白のカーネーションや白ユリなど、花の種類は献花としてよく使われるものだ。

しゃがんで、レイジは戸惑いなく花束を検分する。

「花はだいぶ枯れ始めているが、ここで人が亡くなったことは間違いないだろうな」

「はい……ちょっとですけど、霊がいそうな嫌な感じもします」

二葉はレイジのつむじを見下ろしながら、体をそわつかせる。

昼時は人の気配に紛れやすいため、二葉の霊感も働きにくいが、強い思念を持った霊ならある程度は感じ取れる。これはかなり強い方だ。

レイジが「やはり霊感持ちがいると便利だな」などと呟きながら、ジャケットの裾を揺らして立ち上がる。

「さて、聞き込み調査といくか。昼食も兼ねてこのレストランに入ってみるぞ」

「え……レストランにですか？」

即座に脳内で所持金の計算をするが、二葉の寂しい懐で外食など、計算せずとももってのほかだった。だけどレイジと入って、自分は水だけなのは惨めすぎる。

どうしたものかと苦悩していると、察したレイジが呆《あき》れた目を向けてきた。

「そのくらい奢《おご》ってやる。くだらないことで時間を費やすな、さっさと入るぞ」

「いいんですか⁉」

「これからたっぷり働いてもらうから気にするな」

不穏なことを言われたが、おいしい食事への期待の方が二葉の中で勝った。

レストランの店内は見た目より広く、テーブル席が十席ほど。入り口のドアと同じウッド調に内装もまとめてあり、大きな観葉植物の鉢なども隅にあって、カジュアルで親しみの湧く雰囲気だ。

ちょうど開店したところらしく、客はまだレイジたちだけである。奥の席に案内されて、ランチコースをふたつ頼む。

ホールに店員はひとりしかおらず、四十代くらいの快活な女性店員が注文を通し、アミューズとして生野菜のスティックを運んでくる。彼女の手がいったん空いたらしいタイミングで、レイジがさっそく動いた。

「あの、お仕事中にすみません」

「はい？」

「お伺いしたいことがあって……僕はこういう者ですが」

外向け用の『儚げな美青年』を装ったレイジが、店員に名刺を差し出す。それは二葉も初対面時に受け取ったもので、正直デザインも芸名も職業もかなり怪し気である。

（こんな名刺を見せたら、引かれちゃうんじゃ……）

だがそれは二葉の杞憂だった。

「えっ⁉　百物語レイジって、『コレ見て』で紹介されていた『美しすぎる怪談師』の⁉

あ、あと『ブラナイ』にも出ていたわよね⁉　本も見たことがあるわ！」

「それはそれは……ありがとうございます」

「すごい美声！　それにその隈！　本物だわ……！」

一気に興奮状態になった女性店員に、レイジは慣れた対応をしているが、意表を突かれたのは二葉だ。レイジの人気ぶりは聞いていたが、ここまでとは知らなかった。

(先生ってやっぱり有名人なんだな……)

『コレ見て』は夕方に放送される、安定した視聴率を誇る情報番組。『ブラナイ』は深夜にやっている、一定層から熱い支持を受けるオカルト系バラエティだ。

「どうしたんだい？　そんなに騒いで」

「あっ、あなた！　すごい人が来たのよ！」

厨房の方から、コック帽を被った細身の中年男性が顔を出す。シェフのようだが、女性店員の夫でもあるようで、夫婦でこの店を運営しているようだ。

シェフもレイジのことを聞いて「おお！　よければ、あとで店用にサインを……」などと頼んでいる。それをにこやかに承諾したところで、レイジは本題に入った。

「実はこのあたりに出ると噂の、女の霊について調べていまして。店の横にあった花束とは関係ありますか？　知っていることがあれば教えていただきたいのです」

「ああ、その噂ね！　それで客足が遠のくかと心配していたら、逆にオカルト好きの子たちが、一時期うちに集まったこともあったわねぇ」

どいつもこいつも、好奇心の奴隷である。

二葉も好奇心に負けて今ここにいるクチなので、なんとなくいたたまれない。

「私も旦那も霊なんて見たことないけど、目撃したってお客さんはいましたよ。その霊は十中八九、あの事故の被害者ね。これは三年前のことなんだけど……」

奥さんは、心なしか声を潜めて話しだす。

三年前の十二月。

隣のビルの建設工事中に、誤って看板が落下する事故が起きた。巨大な看板は下にいた女性に直撃し、女性は首を切断されるような形で亡くなったという。現場は逆さまになった首が地面に転がる、凄惨《せいさん》なものだったらしい。

「さすがにそんな現場までは見ていないけど……うちはその日、普通に営業していたから、聞こえた轟音《ごうおん》と悲鳴にそれはもう驚いたわ。外に出たらすごい人だかりで。しかも被害者の女性は、朝からずっとそこにいた子でね」

その被害者女性は、赤いコートを着て寒空の下、朝方からほぼ一日あの花束があったあたりに佇んでいた。

奥さんも店を開ける前に一度姿を確認しており、あとから聞いた話によると、被害者女性は恋人を待っていたのだとか。しかし、待てど暮らせど恋人は来ず……ついに夕方になってしまい、諦めて帰ろうとしたところで事故が起きた、と。

「『出る』って噂が流れたのは、事件後しばらくしてからね。結局お隣のビルは建設が遅れて、それでもあのとおり普通にオープンしているけど、最近も若い女の子の従業員が見たらしいわよ。首を逆さに抱えた女性の霊に、時間を聞かれたって」

「……なぜ、その霊は時間を聞くのだと思いますか？」

じっくり奥さんの話を聞いていたレイジが、探るように問いかけた。

「そうねえ……来ない恋人を霊になっても待って、人に何時か確認しているんじゃないかしら？」

「待ちぼうけを食らっていたとすると、筋は通りますね」

「でしょ？　それで、花束なんだけどね。事故以来三年間、定期的に欠かさず持ってくる男性がいるのよ。あの人こそ被害者女性の恋人かもって」

なにかしらの理由で待ち合わせに来られなかった男性は、自分のせいで恋人が亡くなったことを悼《いた》み、花束を捧げ続けている……これも筋は通る。

だけど二葉はなぜか、漠然とした違和感を抱いていた。

（これは本当に、先生の探している真実なのかな……？）

「その男性、近々また来るわよ。決まって水曜日の昼過ぎなの。うまく捕まえられたら、話を聞けるかもしれないわ」

「ご親切にありがとうございます」

麗しい微笑みを浮かべたレイジに、奥さんの頬がほんのり赤くなる。本性を知る二葉からすれば、「巨大な猫を被ってるなあ」としか思えないが、彼の美貌は的確に人をたらしていくようだ。

「やだわ、私ったら旦那がいるのに！　ええっと、お話はこれくらいでいいかしら。そろそろ料理ができるから、ゆっくりしていってくださいね」

情報収集を無事に終えたあと運ばれてきた料理は、どれもおいしかった。サーモンと季節野菜のオードブルも、グリーンピースの冷製スープも、牛肉のパイ包み焼きも。デセールの桃のソルベを食べながら、二葉なんて感動して泣きかけたくらいだ。奢ってくれたレイジにはめちゃめちゃ感謝した。

お腹いっぱいになったところで、会計をして再度夫婦に礼を述べ、レイジはしっかり渡された色紙にサインも施してから、二葉たちはそろって店を出た。

「……有力な情報を得られたな。事故の概要については念のため、今一度ランプに調べさせよう。だがこれはまだ、残念ながら『真実』ではない」

「や、やっぱりそうですよね」

レイジも真実にたどり着くには、パズルのピースが足りないと判断したらしい。「事務所に戻るぞ」と告げて、レイジはタクシーを拾いに行った。

去り際、二葉は置かれた花束をチラリと視界に収める。

風にそよぐ枯れかけの白い花弁たちは、まるでなにかを訴えかけているようにも、二葉には感じられた。

＊　＊　＊

事故のことをメールで送れば、ランプからはすぐに返信が来た。被害者女性の写真も添付されており、下がり眉の面長の顔は、レイジが怪夢で見た顔と一致した。名前は倉《くら》科《しな》理《り》恵《え》、享年二十五歳。

事故は当時それなりに騒がれたようで、とある新聞では『池袋看板ギロチン事件』なんて名称もつけられていたそうだ。テレビを持たず、ネットニュースも見ない二葉はまったく知らなかった。

またランプはもうひとつ、情報を仕入れていた。

倉科の霊は、亡くなったときの自身と同じくらいの年齢の、若い女性の前にしか現れないという。

「言われてみれば、怪談話の投稿者も、レストランで夫人が話していた目撃者も、若い女性だな」

「でもこの情報、本当ならおかしくないですか？　恋人の男性を待っているんですよね？　そもそも、その恋人は花束を届けているのでは……？」

「それも推測でしかない。やはりその花束の男を捕まえるしかないな」

「まあ、大変だけどそれが一番ですね」

――そんな会話を、事務所で二葉とレイジがしてから、四日後の水曜日。

「まさかこんな羽目になるなんて……」

足元にある、四日前よりさらに萎《しお》れた花束に向けて、二葉は深いため息を落とした。

派遣の方は休みの本日、彼女はレストランとビルの例の隙間で、探偵よろしく張り込みをさせられていた。

(花束の男を捕まえるって聞いたときは、てっきり先生の張り込みに私が付き合わされるものだと……)

それがまさかの、二葉ひとりである。

レイジは午前中に仕事の用があるとかで、あとから合流する手筈だ。それまでに男が来たら「逃がすな」とだけ命じられている。ランチ代分の働きだと暗にほのめかされたら、二葉も嫌とは言えなかった。

(でも待つのって地味につらい……早く来てほしい……)

男が来るのは〝昼過ぎ〟というふわっとした情報しかないため、万全を期して、二葉は十一時からもう二時間近くここにいる。暇潰しにスマホを弄《いじ》るのも飽きてしまった。

天気がいいのだけが救いである。

(こんなとこで一日中恋人を待って、事故に遇って命を落とした倉科さんは、どんな気持ちで霊になったんだろう……)

霊に同調するようなことは、その思念に取り憑かれかねない危険行為だ。そうとわかりながらも、二葉がつい思考を傾けたときだった。

——ピルルルッ。

「あっ、せ、先生？」

スマホが鳴って出たら、『そっちはどうだ？』と機械越しでも変わらぬ美声が耳を打つ。

「えっと……」

『その様子だと、犬らしくまだ待ての途中のようだな、コマ』

「犬なのか鼠なのかハッキリしてください……って、私は人間です！」

『どれもたいした違いはないだろ。俺もじきに着く。絶対にその場から動くなよ』

「わかってますよ……ん？」

そこで二葉は、数メートル先に信号を渡ってこちらに来ようとしている、茶髪の男性の姿を発見した。目を凝らしてよく見ると、両手に抱えているのは白い花束だ。

（間違いない……！）

『先生！　今！　今ホシが現れましたよ！　早く早く！』

ホシなど探偵を通り越して刑事のようなことを言ってしまったが、二葉には恥じる余裕すらない。『すぐに行く』と通話を切ったレイジが無事に着くまで、なんとかして引き留めないといけなかった。

「ん？　君は……」

あたふたしている間に、花束を持った男性はレストラン側から歩いてきて、二葉の存在に目を丸くした。格好はラフなTシャツとデニムパンツで、歳は二十代半ばか後半。爽やかな好青年といった感じだ。

そんな彼に対し、テンパっていた二葉は前置きもなしに、「あなたはここで亡くなった倉科理恵さんの恋人ですか⁉」と質問をぶつけた。

「え？　ち、違うけど」

「へ？」

返ってきたのは、あっさりとした否定。

「あっ！　じゃあもしかして、倉科さんの身内のかたとか……？」

「いや？　俺は近くの花屋の従業員だよ。この花束は知人からの依頼で届けているだけで、倉科さんと俺は面識もないな」

（ど、どういうこと⁉）

混乱する二葉の肩を、誰かがポンと叩く。振り向けばレイジが立っていて、二葉はやっと来てくれたと安堵すると共に、この場はレイジに任せることにした。

「その依頼主の知人とは、どのようなかたですか？　そのかたと倉科さんとの関係はご存じでしょうか？」

「は、はあ？　というかなんなんですか、あなたたち⁉　……いや、あなたの顔は見たことがある気も……」

「失礼、申し遅れました。僕はこういう者です」

レイジが名刺を見せれば、男性は「百物語レイジって、あの『美しすぎる怪談師』の⁉」と、見事にレストランの奥さんと同じ反応をした。自分も知っている有名人だとわかると、男性の警戒心は一気に緩む。

レイジが霊を調査している旨を伝えれば、男性こと小高《こだか》さんは、しばし悩む素振りを見せたものの、ポツポツと話してくれた。

「知人ってのは、俺の大学時代のサークル仲間で、麻衣《まい》って子です。卒業したあとも仲が良くて、よく一緒に飲みに行っていました。仕事の愚痴とか、彼氏の惚気《のろけ》とかも聞かされて……でも麻衣は、三年前から様子がおかしくなったんです」

「三年前、ですか」

小高いわく、麻衣は明るく社交的な性格だったのに、急に彼氏とも別れて塞ぎ込むようになったという。心配していたら、花束をここに定期的に届けるよう依頼されたそうだ。いくらでも払うからお願い、と。

小高の働く花屋ではそういった依頼は受けておらず、小高は花束代だけもらって、個人的に引き受けることにした。

花屋は水曜日の午後が休みなので、職場で購入した花束を仕事帰りに届け続け、もう気付けば三年になった、と。

「ここで池袋ギロチン事件があったことは知っています。被害者が倉科って女性なことも、霊の噂も……でも麻衣とどんな関係があるのかは知りません。ずっとずっと聞けないままです。でも俺はただ、以前の明るい麻衣に戻ってほしくて……」

（もしかして小高さんって、麻衣さんって人のこと……）

本気で麻衣を案じる小高の姿に、二葉は友情以上の想いを感じた。

小高からしてみれば、三年も続くこの現状を打破するきっかけになることを期待して、レイジに打ち明けたのかもしれない。

「すべての鍵を握るのは、麻衣という女だな」

二葉にしか聞こえない声で、レイジはそう囁いた。

「……よければ、麻衣さんとお話しさせてくれませんか？　僕は除霊などはできない、しがない怪談師ですが、それでも霊絡みならなにかお力になれるかもしれません」

「ま、麻衣に聞いてみます！」

小高は花束を抱えたまま、器用にスマホで電話をかける。しばらく通話して、話はついたようだ。

「直接会うのは勇気が出ないけど、今日の夜七時以降にビデオ通話でなら、麻衣は話せると言っています」

「僕はそれで構いません」

「それとあの……俺には聞かれたくないそうで、麻衣の連絡先だけ教えますね」

明らかに落ち込んでいる小高は、きっとこの場で一番、麻衣の話を聞きたいと望んでいた人物だ。そう思うと二葉はかわいそうに思えたが、身近な人にほど言いづらいということ、麻衣の気持ちも理解できた。

（赤の他人相手の方が、話しやすいこともあるよね……）

レイジも外面《そとづら》モードだからか、「小高さんにもいずれきっと、麻衣さんはお話ししてくれますよ」と意外に優しいフォローを入れていた。

それから麻衣の連絡先を聞き、小高とはその場で別れた。二葉たちも夜の七時に再度集合ということで、二葉は一度アパートの方に帰宅し、また約束どおりの時間に事務所を訪れたわけだが、開口一番に呆れた声が出てしまう。

「先生……ビデオ通話なんですから、せめて部屋をもう少し片付けましょうよ」

レイジは早々に、ローテーブルの上に黒のスマホを設置し、ソファに腰を沈めて麻衣との通話を始めようとしていた。

だが画面の端に映り込む汚部屋っぷりに、二葉はさすがに苦言を呈す。

「カップラーメンの器は捨てるとか、服はたたむとか……」

「最近のビデオ通話は背景が設定できただろ？　あれにしろ、あれに。俺はやりかたがわからないからコマがやれ」

「わ、私も初心者なんでわからないですよ！」

「なんだ、使えないな」

（この言い草……！）

レイジはさっさと通話ボタンを押す。二葉は慌てて、邪魔にならないようソファの後ろに屈んで隠れた。でも少しだけ横から顔を出して、画面を窺《うかが》う。

映ったのはセミロングヘアーの女性だ。後ろにベッドがあることから、彼女がいるのは自室だろう。

『はじめまして……陣内《じんない》麻衣といいます』

麻衣は暗いトーンで、俯きがちに口を開いた。目鼻立ちのハッキリした顔は、もとはもっと美人だっただろうに、すっかりやつれて肌も荒れてしまっている。

「はじめまして、僕が百物語レイジです。小高さんから話を聞いているでしょうが、あなたと倉科理恵さんのご関係についてなど、お聞かせいただけると幸いです」

倉科の名前が出た途端、ビクッと麻衣の肩が露骨に震えた。

『お、お話しする前に……先生にひとつお聞きしてもいいですか？』

「はい、なんでしょう」

『先生は霊が……霊が本当にいると、思いますか』

レイジはその質問に、一も二もなく「います」と答えた。麻衣の顔は紙のように白くなっていくが、レイジは構わず続ける。

「霊はいますよ。そこらじゅうに、どこにでも。ですが霊はけっして、『得体の知れないバケモノ』ではありません。そんなに遠い存在でもないはずです。なぜなら霊はもともと、僕たちと同じ人間ですから。生きているか、死んでいるかくらいのちょっとした違いです」

（その違いは大きくない？）

もちろん、二葉はそんなツッコミは口に出さない。

「だから、霊とは向き合おうと思えば、人間は向き合えます。……あなたは倉科理恵さんの霊の噂も、きちんとご存じのようだ。あなたと倉科さんはご友人だったのですか？」

『……いいえ、直接の面識はない、です』

「ですがあなたは、彼女の事故現場に花束を届け続けている。しかもご自分で行かず、人を介してだ。その理由は？　大丈夫、ゆっくり呼吸して、少しずつ話してください」

レイジの声は、まるで幼子をあやすような柔らかいものだった。言葉を向けられていない二葉でさえ、聞いていると無条件に安心して、すべてをさらけ出したくなる。

おそらく抑揚のつけ方や発声の仕方なども、レイジは人の心にスルリと入り込めるよう、意図的に変えているのだろう。

レイジの声に導かれ、麻衣は語りだす。

『三年前、私には圭人《けいと》という恋人がいました。イケメンで優しくて、ユーモアもある彼が私は大好きで……ですが同時に、圭人は倉科さんとも恋人関係にありました』

「つまり圭人さんは、二股をしていたということでしょうか」

『私だって知らなかったんです！　彼に私以外にも恋人がいたなんて！』

悲痛な叫びを吐いて、麻衣はアーモンド形の瞳に涙を溜める。

『倉科さんが事故に遭った日、圭人と一緒にいたのは私です。仕事で会えないって聞いていたけど、付き合い始めた記念日だったからどうしても会いたくて、ワガママを言いました。彼は根負けして私とデートに出掛けて……でも本来、圭人が会う予定だったのは倉科さんなんです。デート中にメッセージアプリが見えて、倉科理恵って女性から

「ここでお気に入りのコートを着て待っているよ」って、「いつ来るの？」って、自撮りの写真が送られていました。問い詰めたらすぐ二股を白状して、その場で殴って別れましたよ。だけどその後日に、彼女の事故のことを知って……』

ついにポロポロと、麻衣は泣きだしてしまった。

あとは語らずともわかる。麻衣は延々と罪悪感に苛《さいな》まれ続けているのだ。自分のせいで倉科が亡くなったと、そう思い込んでいる。

（そんなの麻衣さんのせいじゃないのに……むしろ悪いのは、その圭人って男じゃん！）

圭人側の事情はなんであれ、まったくろくな男じゃないと二葉は憤る。

『小高くんには、私の勝手な罪滅ぼしに三年も付き合わせたこと、本当に申し訳ないと思っています。でもあの現場に行くのは怖くて、霊の噂を知ってからはますます行けなくて……彼の優しさに甘えていました。だけどそろそろ、こんなことは終わりにしたかったんです』

目元を服の袖で拭って、麻衣は顔を上げた。

真っ赤な鼻で、アイラインが滲《にじ》んだひどい顔だが、心なしか、それこそ憑きものが落ちた表情をしている。

『すみません。全部話したら、少しスッキリしました。三年間、誰にも言えないままだったので……』

「それはよかった」

ニコリと、レイジは隙のない微笑みを浮かべる。

『今度は、その……倉科さんのもとに、自分で花束を届けてみようと思います。それで最後にします。先生、霊と向き合うって、こういうことですよね？』

「ええ」

『先生とお話しできてよかったです……ありがとうございます』

「お礼を言うのはこちらですよ。貴重なお話、感謝申し上げます」

——そこで、麻衣とレイジの通話は終わった。

二葉はそろそろと、ソファの後ろから出てくる。通話中の善人面を引っぺがしたレイジは、眉間に深い皺《しわ》を刻んで、暗くなったスマホの画面を睨んでいる。

「あ、あの、先生。今の話で、倉科さんの霊の真実はすべてわかったんですよね？　彼女は恋人に浮気されていたことを知らず、霊になってもあの場で恋人を待っているってことで……」

「お前はそれで、すべてだと思うか？」

「え……」

「まだ解けていない謎は残っているだろう。なぜ倉科理恵の霊は、女性の前にしか現れないのか。それに俺はどうにも、霊が時間を尋ねているとは思えないんだ」

「時間じゃないって……じゃあ、なにを尋ねているっていうんですか」

「さあな」

レイジは「少し寝る。お前はもう帰れ」と、手で二葉を追い払うような仕草をすると、そのままゴロリとソファに横になった。彼の密度たっぷりな睫毛《まつげ》が伏せられる。

二葉は反射的に「ちょっと！」と噛み付きかけたが、ふと思いとどまる。

(先生が今寝るってことは、倉科さんの怪夢を見るかどうか、確認するってことでもあるよね……？　これで怪夢を見なかったら解決。もし見たなら……)

まだ、今回の真実を明かせていないということだ。

二葉はレイジが起きるまで待っていたかったが、結局そのへんに放置されていたブランケットを広げ、レイジにふわりとかけると、おとなしく事務所をあとにした。

＊　＊　＊

「こんにちはー……って、また鍵開いているし」

派遣のバイト終了後、電話で呼び出された二葉は、夕方にレイジの事務所を訪れた。麻衣との通話の日からちょうど一週間ぶりだが、中は相変わらず汚く、レイジはまたしてもソファで寝ていた。初めて来たときを思わせるシチュエーションだ。

二葉がソファに近付けば、転がったまま目を開いたレイジに、「遅いぞ」と文句を垂れられる。

「これでも急いで来たんです！　それで、なにか進展があったんですか？　というか、先生はまだ倉科さんの怪夢を見て……？」

「変わらず夢見は最悪だな」

その返答に、二葉はやはり解決できていなかったかと落胆する。

「俺はあのあとも陣内麻衣と連絡を取って、真実に近付けるならと、念のため主人という男のことも調べた。当然、ランプにも手伝わせてな」

「ランプさん、働きすぎでは……？」

「ちゃんと報酬は払っている。それで新たにわかったことがあったから、一応伝えといてやろうとお前を呼んだんだ」

それなら電話で伝えてくれても……と二葉は思ったが、横暴なレイジのことだ。あわよくば他にも二葉をこきつかおうと、わざわざ呼びつけたに違いない。

「端的に言うと、圭人は詐欺師だ」

「詐欺師⁉」

「元ホストで、女を懐柔して危ない業者に仲介している。ただこの詐欺師稼業は三年前に始めて、当時は陣内麻衣と倉科理恵のふたりだけがターゲットだったが、今はもっと複数の女と同時に付き合って、より巧妙な手口でやっているようだな。あのまま付き合っていれば、ふたりも毒牙にかかっていただろう。調べれば調べるほど真っ黒な男だった」

「さ、最低……！」

麻衣もこの事実を伝えたらキレていたというが、当たり前である。

そんな男のせいで、倉科は命を落とし、麻衣は三年も苦しんだのかと思えば、二葉はなおさら許せなかった。

「でも、逆に考えたら、倉科さんは最期まで圭人の裏側をなにも知らずに亡くなったわけですよね？　詐欺のことはもちろん、麻衣さんと二股をかけられていたことも……」

（それはそれで、傷つかなくてよかったのかな……いやでも）

二葉が悩ましく思っているそばで、レイジも引っ掛かることがあったようで、急にブツブツと呟きだす。

「待てよ……『逆に考える』？　逆……逆さま……逆さまの首……」

「せ、先生？」

「――そうか、わかったぞ」

レイジはなにか重要なことにたどり着いたようで、バッといきなり体を起こした。二葉は「なにがわかったんですか？」と瞳を瞬《また》かせる。

「倉科理恵の霊は、首を逆さまに持っていただろう？　彼女の話す言葉も逆さまだったんだ」

「え……ということは……」

『いまなんじ』を、二葉は引っくり返してみる。

「じんな……まい……じんなまい……じんないまい⁉　麻衣さん⁉」

「俺たちは思い違いをしていたようだな。倉科理恵はおそらく、圭人の詐欺のことは知らなくても、陣内麻衣のことは『自分の恋人の浮気相手』として知っていたんだ。倉科理恵の怨みは、陣内麻衣の方に向いている。だから霊は女性の前にしか現れなかったんだ」

「尋ねていたのは時間じゃなくて、通る女性に『お前は陣内麻衣か？』って確かめていたってこと……？」

　二葉はゾッとする。

　一般的に浮気をされると、男性はパートナーの方を怨むが、女性はパートナーを誑《たぶら》かしたと見て浮気相手の方を怨むという。あくまでそういうパターンが多いという話だが、倉科理恵はこれに当てはまり、ずっと麻衣を怨んでいたらしい。

「だがそうなると……まずいな」

「まずいとは？」

「今日の夕方、あの現場に花束を届けに行くと、陣内麻衣が電話で話していたんだ。彼女に会えば、倉科理恵の霊は暴走して危害を加えるかもしれない」

「た、大変じゃないですか！」

　悠長に構えているレイジを二葉がせっつき、麻衣に連絡を取るも、あいにくと電話は繋がらなかった。電車にでも乗っているのかもしれない。

「チッ……仕方ない。とにかくあの現場に向かうか」

「私も行きます！」

　そう二葉は自ら申し出て、肩から下がるトートバッグの紐《ひも》をぎゅっと握った。

　……レイジは、霊と人間の違いは、生きているか死んでいるかだとシンプルに表現したが、二葉は未来があるかないかだとも思った。

生きている人間は未来に進めるが、霊にはもう過去しかない。

(麻衣さんはせっかく、未来に進もうとしているのに……また過去に捕まってひどい目に遇うなんて、そんなのダメだよ……!)


「いた……! 麻衣さん!」

前回、小高は誤って花束を添えずに持ち帰ったので、例の場所にはなにもない。そこに麻衣は今まさに、新しく白い花束を添えようとしているところだった。

二葉はそんな麻衣の肩を、些《いささ》か強引に摑んで振り向かせる。

「ここにいたらダメです! 危険だから今すぐ帰ってください!」

「な、なに? あなた……っ」

レイジとは面識があっても、二葉の顔を知らない麻衣は当然困惑している。切羽詰まった二葉の様子に、通行人からも不審な目がチラチラと向けられている。

「私は百物語先生のアシスタントで……ああ、もう! そんなことはいいから、早く帰って……っ!」

二葉はそこで、全身が総毛立つ感覚に襲われた。

誰かが麻衣のすぐ後ろに立っている。

「ひっ……！」

二葉の喉が引きつる。

そこにいたのは、赤いコートを着て首を逆さに抱えた――倉科理恵の霊だった。

「いま……なんじ……？　いま……なんじ？」

彼女の首がゴロリと落ちて転がり、頭頂部が綺麗にてっぺんを向いて止まる。

そして下から、落ち窪《くぼ》んだ空洞の瞳で麻衣を見つめて、そのかさついた唇でしっかりと問いかけてきた。

「――じんない、まい？」

麻衣にも倉科理恵の霊はしっかり見えているようで、花束を取り落として「く、倉科さん……」と腰を抜かしてしまった。

二葉は震える麻衣の体を支えて、どうすべきか死ぬ気で考える。すると場違いなほどゆったりした足取りで、背後から遅れてレイジがやってきた。

「ふぅん……俺にはまったくわからんが、あそこに倉科理恵の霊がいるのか？」

レイジは微妙にズレたところを、まじまじと見つめている。

（先生ってガチで霊感ないんだ……！）

彼の体質的に、確かに夢以外で霊と対面する必要もないとはいえ、二葉からすれば驚きの鈍さだ。

この場で、レイジはまったく当てにならない。

「じんな、まい……じんな、まい……いま、なんじ……」

自分の首をまた逆さに拾い上げた倉科理恵の霊は、一歩一歩、麻衣へと近付いていく。死してなお嫉妬にかられている彼女からは、麻衣への怨嗟《えんさ》が澱んだ空気となって滲み出していて、麻衣は泣きながら謝罪する。

「ごめんなさい、ごめんなさい、倉科さん！　私、知らなかったの！　本当に知らなかったの！　圭人があなたとも付き合っていたなんて……本当に……！」

「そ、そうです！　麻衣さんを怨むのは間違っています！」

口がうまく回っていない麻衣に代わり、二葉も必死に訴える。

「あなたの恋人だった圭人は、女性をカモにするような詐欺師なんです！　あなたも麻衣さんも騙《だま》されていたんですよ！　圭人は今でも複数の女性と付き合って、お金目的で悪事を働いています！　それでも、麻衣さんはあなたが事故に遭ったのは、自分のせいだって己を責め続けていて……！」

こんなふうに霊に向かって語り掛けることは、二葉も初めてだ。今までは霊に絡まれないよう、リスクはとことん避けてきた。

（でも今はこうするしか切り抜ける方法がない！　この場は私がなんとかしなきゃっ！どうか、どうか伝わって……！）

そう願う二葉の目の端に、無造作に横たわる花束が映る。白百合の香りが鼻まで届き、二葉はその花束を指差した。

「花束も、麻衣さんが今まで友人に頼んで届けさせていたものです！　あなたの死を、麻衣さんは忘れずに悼み続けていたんですよ！」

そこで倉科理恵の霊が、ピタリと足を止めた。

彼女は緩慢な動きで、麻衣と花束を見比べる。初めて怨嗟以外の感情が、彼女の顔にうっすらと宿った。

「ば……た……な……は……ばた、なは……」

（はなたば？　花束に反応している？）

三年に渡って欠かさず捧げられた花束は、荒れ狂う倉科理恵の心にも、一抹の安寧を与えていたのか。その送り主が怨んでいたはずの麻衣で、明かされた圭人の真実とも合わせて、困惑しているようにも見えた。

二葉は麻衣を支える手に力を込めながら、「だからもう、麻衣さんを怨むのはやめてください……！」と叫ぶ。

「あ……う……ばた、なは……」

ヒラッと、白いカーネーションの花弁が一枚、倉科理恵の霊の足元まで飛んでいく。

しばらく彼女は動かず、二葉も固唾《かたず》を呑んで動向を窺っていたが、倉科理恵の霊は
「いさな、めご……うと、が、りあ……」と呟いて掻き消えた。

澱んだ空気も一気に霧散する。

「た、助かった、の……？」

二葉は全身が弛緩して、麻衣を抱えたまま尻餅をついて座り込んだ。麻衣の方は途中から、あまりの恐怖に気絶してしまっている。

気付けば周囲に人が集まってきていて、「どうしたんだ？」「なにかあったのかな」「あっちの子、倒れているけど大丈夫か？」と、野次馬と化していたが、レイジが全員やんわりと追い返した。

それからレイジは、細身なわりに意外にも軽々と麻衣を抱え、二葉に「立てるか？」と声をかける。

「は、はい……なんとか……」

「倉科理恵の霊は消えたようだな。コマの説得が効いたのか？」

「どうでしょう……？　でも最後に、彼女は『いさなめご、うとがりあ』って言っていました」

「……『ごめんなさい、ありがとう』か。少なくとも、〝陣内麻衣への怨み〟は解消されたようだな」

なにやらレイジは含みのある言いかたをしたが、二葉には追及する気力もない。立ってワイドパンツについた砂をはらうのがやっとだ。

(倉敷さんは成仏したのかな……？　どちらにせよ、麻衣さんを理不尽な怨みから守れたんだから、ひとまずは一件落着、だよね)

レイジだってもう、この件の怪夢は見ないだろう。

「コマ、俺のポケットからスマホを出して、花屋の男に連絡しろ」

「小高さんですか？　連絡先なんていつの間に……」

「使えそうな連絡先は控えるようにしている。花屋の仕事も今日は午前で終わっているだろうし、陣内麻衣を迎えに来させろ。花屋に花を持たせてやれ」

「小高さんには報われてほしいですもんね……」

指示どおり、二葉がレイジのスマホで電話すると、小高は数分足らずですっ飛んできた。適当な理由をつけて、麻衣を小高に預けたあとは、二葉たちも帰りのタクシーに乗る。

前回同様、後部座席にレイジと二葉は並んで座った。

「……先ほどはよくやったな、コマ。期待以上のいい働きだった。さすがの俺も、いくら怪夢が終わったとしても、倉科理恵の霊に陣内麻衣が害されていたら、寝覚めが悪かったところだ」

「先生が『寝覚めが悪い』って言葉を使うと、なんか真に迫るものを感じますね……」

なんということはない態度で返しながらも、シートに凭《もた》れる二葉は、内心では褒められて喜びを覚えていた。レイジが率直な労いをくれるなんて思ってもみなかったので、その意外性も含めて嬉しい。

それに飢えていた好奇心は満たされ、真実を明かしたという達成感もある。

(霊と向き合う、か……先生のアシスタントも、そう悪くないかも)

なにより給料がいいしね！　と、ぼんやりゲンキンなことを考えながら、二葉は車窓の向こうを眺める。赤紫色の夕闇は、雑多な街を丸ごと飲み込もうとしていた。

窓に映るレイジが、そっと、口を閉じて瞼《まぶた》を下ろす。

長い前髪はカーテンのように、隈に縁取られた目元を覆った。

「先生……寝たんですか？」

返事を期待しない、二葉の独り言が車内に溶ける。

タクシーの中で本格的に寝はしないだろうが、彼が束の間でも、どうか夢など見ずに穏やかに眠れるよう、二葉は願わずにはいられなかった。

＊　＊　＊

「……というわけで、こちら履歴書とかの書類一式になります」

「よし、これで雇用関係は成立だな」

ソファにふんぞり返るレイジは、スマホを片手に空いた手で受け取った書類を、ろくに見もせずローテーブルに放る。

四日間、二葉はたっぷり考えてからレイジのもとで働く決意をして、緊張しつつ事務所に持ってきたというのに、この扱われようだ。

やっぱり早まったかも……と後悔するまでが秒すぎる。

「まずは正式なアシスタント業務の第一歩として、コーヒーを淹れてくれ。砂糖やミルクはなしだ。俺はコーヒーにはうるさいから頑張れよ」

「ただの雑用じゃん……」

しかもスマホの画面にかじりつきながらの命令である。

二葉はため息をついて、「そもそも先生、ブルーライトはダメなんじゃないんですか？」と疑問をぶつける。

「四日間、ほぼ一日中寝ていたからな。今はそこまでライトもつらくない」

言われてみれば、レイジの目元の隈が薄くなっている。顔色も悪くはなかった。

怪夢を見ない安眠を、彼はしっかり堪能できているようだ。

「それで、スマホでなにを見ているんですか？　ニュースとか？」

「SNSだ。場所で検索してみたら、なかなか面白い話題を見つけてな」

クッと口角を上げるレイジは、どことなく悪い顔をしている。そんな表情でも様になるのだから、美形はズルいと二葉は思う。

（怪談話のネタになりそうなものでも見つけたのかな？）

でもきっと、次回の演目のひとつはもう決まっている。

逆さまに喋る、赤いコートを着た女の霊の話だ。

「あとでどんな話題か教えてくださいね……コーヒー、淹れてきます」

これからレイジの怪夢に付き合う日々に、どんなことが待ち受けているのか。

不安七割、期待二割、そして一割の好奇心を持って、二葉はキッチンがある方へと向かった。

――その一方で。

レイジはひととおりSNSを見終えて、スマホを手にしたまま気怠《けだる》げにソファに寝転ぶ。

ネット上で飛び交っていた〝噂〟を反芻《はんすう》し、「ここまで次のライブで語れそうだな」と呟くと、小さくあくびを漏らしたのだった。

『私の友達、詐欺師じゃないかって疑いのある男に入れ込んでいて、前から心配だったんだけどさ。昨日ソイツ、池袋の新しいファッションビルの前を通ったときに、いきなり乱心して暴れたらしい。精神錯乱状態ってやつ？　警察が取り押さえて、今は入院しているって』

『私もそれ見た！　なんかすっごい怯えていて、「来るな」とか「悪かった」とか「許してくれ」とかひとりで喚《わめ》いているし、怖かったあ』

『もしかして、「アネモーヌ」というレストランがあるところでしょうか？　僕もそこで目撃しました』

『あそこのレストランおいしいですよね！　でも池袋看板ギロチン事件もあのへんだっ

た気がするし、もしかして呪われている？（笑）』
『むしろ、その被害者の霊に会ったんじゃ……なんか、男とその被害者、関係があったって噂も聞きました』
『悪い奴だったなら天罰が下ったんでしょ』
『本当に人の怨みって怖いよね！』

二夜　なくなる部屋

【りつくんさん（三十五歳　男性）の怖い話】


これは俺の知り合いから聞いた、マジでしゃれにならない話なんだけどさ。

Aさんって若い女性が、不動産屋を何軒も回って、都内のとあるマンションの一室を見つけたんだ。

その部屋は三階の八畳のワンルーム、駅から徒歩十分圏内、築年数も十五年と新しく、内見したら床も壁も綺麗でさ。オマケに日当たりは良好。これで敷金・礼金なしで、家賃三万五千円という破格の安さ。

なにかあると思うだろう？　俗に言う、事故物件ってやつらしくて。

その部屋の住人が自殺した……って情報だけは、事前に不動産屋がAさんに伝えたんだ。『心理的瑕疵《かし》物件の告知義務』とかなんとかで。

俺だったらそんなとこ絶対に選ばないけど、仕事を辞めて金もなく、家賃の高いマンションからすぐに引っ越したかったAさんは、悩む間もなく即決した。

Aさんは心霊番組も笑って見るタイプで、霊の類いは信じていなかったのもある。

実際、住み始めて一か月くらいはなにもなかった。

だけど二か月目。これから来る暑い夏を、クーラーなしでどう乗りきろうか悩んでいたところで、夜中にベッドで寝ていると、ペタペタと部屋中を歩き回るような音が聞こえた。それが連日続いたらしい。
そしてある日、冷蔵庫で冷やしておいたはずのワインボトルが、一本丸々なくなって
いることに気付いたんだ。
「なんで？　ここにあったのに……」
バイト先の人からもらったワインは上物で、特別な日に飲もうと未開封だった。仕
舞った場所に間違いはないし、部屋には誰かが入った形跡もない。
不安になったAさんは、他にもなくなっているものがないか確認した。すると、髪を
結ぶ用の黄色いリボン、ハサミ、包丁、ナイフ……それらすべてが、ワインと同じよう
に忽然《こつぜん》と消えていたんだ。
ただまあ、これくらいなら、まだAさんが自分でなくしたことを忘れているだけ……
とも取れる。
だけどAさんは、それらのものがなくなった翌日、ネットのニュースでとんでもない
もんを見ちまった。
「これって……」
K大学の学生五人が、何者かに殺害されたという事件。
彼等は仲のいい友人同士で、それぞれ別の場所で襲われた。殺しかたもバラバラで、

ワインボトルでの撲殺、黄色いリボンでの絞殺、ハサミや包丁、ナイフでの刺殺……そう、凶器は丸々、Aさんの部屋からなくなったものと一致していたんだ。

指紋とか、犯人に繋がる痕跡はゼロ。実はAさんが犯人でした！　とかならまた別の話になるが、もちろんそんなことはないし、犯人は捕まらずに事件は迷宮入りだ。

それでも偶然の一致とも思えなくて、Aさんはそこで初めて、このマンションの部屋でなにがあったのかを真剣に調べた。

それでわかったことは、Aさんの前の住人、仮にBくんとするな。BくんもK大学の学生で、殺された五人からひどいいじめを受けていたそうだ。それを苦に、部屋のベランダから飛び降り自殺したらしい。

ここからは俺の推測だが……Bくんはソイツ等への怨みが消えなくて、死んでからこの部屋で凶器を探して持ち出し、復讐しに行ったんじゃないのかなって。

あり得る話じゃないか？　Bくんの怨念がきっと部屋に残っていたんだよ。

なんにせよ、怨みは買うもんじゃないってことだ。

＊　＊　＊

長かった梅雨が明け、じわじわと夏の匂いが香る今日この頃。

（先生、また寝ているのかな……）

半袖から覗く華奢《きゃしゃ》な腕を、照る陽射しに惜しみなく晒《さら》しながら、二葉は事務所に向かってアスファルトの地面を歩いていた。

正式にアシスタントとなった二葉は、派遣のバイトは一応続けつつ、週三か四ほどの頻度でレイジのもとで働いている。

とはいっても、レイジは倉科理恵の霊の一件以来、まだ次の怪夢は見ていない。そのため、霊をわざわざ追うようなことはこの一か月せず、ライブやテレビ出演などの仕事を適度にこなし、あとはほぼ寝て過ごす生活を送っている。二葉の仕事もハウスキーパー的なものが大半だった。

今だって、前回の出勤時にレイジからリクエストされたチーズグラタンを昼食として作るために、スーパーで買い物をしてから来たところだ。

（私の作るご飯は、わりと気に入ってくれているっぽいんだよね……。作らないと三食カップラーメンオンリーで済ますし、栄養バランスを考えて食べさせなきゃっ！　あと油断したらすぐ散らかすし！）

子持ちの主婦と同じ思考回路を働かせる二葉の目に、ようやくレイジの事務所が見えてくる。

「おう、二葉ちゃん。お疲れ。今日もレイジのところか？」

「あ、万世《ばんせい》さん！　こんにちは」

ビルの一階にある喫茶店。その入り口前で、ホウキを握って掃き掃除をしていた男性が、二葉に向けて気さくに手を振った。

彼は常磐《ときわ》万世。レイジよりも三つ上の三十歳で、黒いベストとギャルソンエプロンが似合う、喫茶『まちびと』のオーナーである。

色の抜けた明るい茶髪は金に近く、若干伸びた襟足をちょこんと結んでいる。がっしりとした体つきに、イケメンというより男前といえる顔立ちをしており、どちらかといえば異性にモテるより、同性に〝兄貴〟とでも慕われそうな印象だ。

実際に面倒見がすこぶるよく、レイジとは昔からの知り合いで、彼の世話をなにかと焼いてきたとか。このビルで先に店を開いていて、二階のテナントをレイジに紹介したのも万世らしい。

二葉とはまだ数回しか面識はないが、〝新しいレイジのアシスタント〟と知って、会う度に気にかけてくれている。

「少し汗かいてるんじゃないか？　今日は蒸し暑いからなあ。時間あるなら、アイスコーヒーでも一杯飲んでいくか？　もちろんお代はいらねぇからよ」

「早めに来たんで、時間は大丈夫ですけど……前回もホットコーヒーをタダでいただきましたし、悪いです！」

「気にすんな。二葉ちゃんには今後とも、レイジをお願いしたいからな。俺からの賄賂《わいろ》だよ、賄賂。それにレイジに渡してほしいもんあるし、それをおつかいしてくれることがお代ってことで」

「は、はあ……」

なんやかんやと言いくるめられて、二葉は喫茶店の中にお邪魔する。

シックなデザインのソファやテーブル、蔦《つた》模様が入ったすりガラスなど、中はこぢんまりとしているが昭和レトロ感満載で、ここだけ時間が巻き戻ったかのような、古いアルバムをめくるときと同じ懐かしさがあった。

この店の持つ雰囲気は、二葉も一度目の訪問からすでに気に入っている。

「カウンター席で待っていてくれ。あ、荷物は預かるな。食材だろ？　冷蔵庫にぶち込んどくよ」

「じゃあお願いします」

言われたとおりにエコバッグを万世に預け、カウンターのスツールに座る。程なくして、よく冷えたアイスコーヒーが運ばれてきた。

それを二葉はゴクゴクと、半分ほど一気に飲み干してしまう。

「……やっぱり、万世さんのコーヒーは絶品です！　さすが先生のコーヒーの師匠ですね！」

「レイジは器用だからなあ。俺が教えたコーヒーの淹れかた、すぐに会得しちまってかわいくねえったら」

「今度私にも伝授してください。先生ったら、私の淹れるコーヒーにケチしかつけないんです！　そもそも私、本格的なコーヒーなんて初心者もいいところなのに！　そういえば先生がこの前……」

ついレイジの愚痴をああだこうだ漏らすも、万世は相槌を打ちながら楽しそうに聞いてくれる。オープン前なので客はいないが、彼に会いに来る常連客が多いのも頷《うなず》ける、人柄のよさだ。

(本当になんでこんないい人の万世さんが、奇人変人な先生と知り合いなんだろ……昔からっていつから？　どういう繋がり？)

レイジの体質のことを、万世は当たり前のように理解している。だが万世自身にも霊感などないというし、極度の怖がりらしくますます謎である。

なんとなくそこはまだ、二葉は掘り下げて聞けていなかった。

二葉が喋るのをやめたところで、カウンター越しに万世がフッと微笑む。

「話を聞いていると、レイジはずいぶんと二葉ちゃんがお気に入りなんだな」

「お気に入りぃ？　アレでぇ？」

犬扱いされていますが！　と、二葉は行儀悪くも、ストローをそれこそ犬のようにガジガジと噛《か》んでしまう。

「歴代アシスタントにはもっとドライな対応だったぜ。レイジの奴、本人は霊感ないくせに、やたらと霊感ある奴を見つけてスカウトするのはうまくてな。だけど仕事内容も特殊だし、レイジの横暴に耐え切れずみんな辞めちまった。レイジも諦めたのか、ここのところずっとひとりでやっていたのに……声を掛けたきっかけは霊感の強さでも、今は二葉ちゃんの根の素直さとか物怖じしないとことか、気に入っているんじゃないか？」

「そうでしょうか……イマイチ信じられないです」

「俺はけっこう、ふたりはいいコンビになれると思うがな」

万世に太鼓判を押されても、二葉は釈然としない。もう余計なことは言わず、残りのアイスコーヒーを胃に流し込んだ。

そろそろ店を出ようとスツールから下りたところで、万世に「ああ、これも忘れずに持っていってくれ」と、蓋《ふた》付きの四角いバスケットを渡される。

「おつかいってこれですね。中身はなんですか？」

「厚焼きたまごのサンドイッチだよ。昼の差し入れに。いっぱいあるから、二葉ちゃんもレイジとふたりで食べてくれ」

たまごサンドならこれから作るグラタンとも合いそうだ。この店では軽食も出しており、万世の料理の腕前はコーヒーに負けず劣らずすばらしい。二葉が来るまで、レイジの食生活をどうにか支えていたのは彼である。

二葉は万世に深々と頭を下げて礼を述べ、エコバッグとバスケットを抱えて階段を上がった。

「先生、失礼しますよ。どうせ寝ているんでしょうけど……あれ？」

「どうせとはなんだ、いきなり無礼な奴だな」

てっきり居住スペースにあるベッドか、ソファの上で眠りこけていると予想していたレイジは、デスクのパソコンを前に座っていて、二葉は瞬きを繰り返す。

「珍しい。起きていたんですね」

「……一昨日《おととい》から次の怪夢が始まったからな。俺の安眠期間は終了だ」

「ええっ⁉　もうっ⁉」

「とりあえずこっちに来て、この話を読んでみろ」

二葉は荷物をローテーブルに置いて、レイジの横からパソコンの画面を覗き込む。以前に見たところとはまた違う、恐怖体験を募集している投稿サイトのようだ。

（こういうサイト、いくつもあるんだな……）

りっくんというハンドルネームの人が投稿したその話は、部屋からものが知らぬ前になくなり、それが霊によって人を殺す凶器に使われていた……という、なんともゾッとする内容だった。

「うわ、怖っ……でもこのA子さんに、下手に容疑がかからなくてまだよかったですよね。本当にBくんの霊が、いじめっ子たちに復讐をしたんでしょうか？」

「どうだろうな。この投稿話は例によって、俺の夢をもとに、ランプに似た話を探させただけだ。本当にこんな大学生の殺人事件が起きたのかも、奴に今調べさせている」

「またランプさん……」

どんな感じの人なのか、二葉としても一度は会ってみたいところだ。

彼は自分よりよほど、レイジのアシスタントらしい働きをしていると思う。

「俺の見た夢は、大学生くらいの細身の青年が、ブツブツと独り言を呟きながら部屋の中を探し回っているところから始まる。『ワイン』『ナイフ』『リボン』『ハサミ』という単語は聞こえた。あとは聞き取りにくかったが、『バラす』とかどうとか……殺した死体をバラすって意味かもな」

「ぶ、物騒な発想はやめてください！　でもこの投稿話にある『包丁』は、先生の夢には出てこないんですね。凶器にするなら一番手頃そうなのに……」

「それと青年は、『早く会いに行かなくちゃ』とも言っていた。この投稿のとおりなら、会う相手は自分をいじめた連中になるが……こういう話は、真実と食い違っている点も多いからな。『包丁』もそうだ。まあ、投稿話はあくまで参考として、実際にこの物件に今から行ってみるぞ」

「はい⁉」

またとんでもないことを言いだしたぞと、二葉は声がひっくり返る。

「この部屋の場所、わかっているんですか⁉」

「俺の夢からは部屋の間取り以外、場所を特定できるような情報は得られなかった。だがこの投稿サイトは、投稿者にメッセージを送れる仕様でな。りっくんという投稿者にコンタクトを取り、すでにマンションの場所は突き止めている。他の部屋と比べて明らかに家賃の低い、三階の空室もあった。投稿話だと三万五千円になっているが、今は二万八千円まで値下がりしているぞ」

「安っ！」

「行ってみて、よかったら引っ越せばどうだ？」

「絶対に嫌です！」

二葉をからかって満足したのか、レイジはパソコンを閉じて出掛ける支度を始める。

彼の行動はいつも素早い。

だけど二葉はまだまだ、そんな彼のスピードに遅れがちである。

「あ、あの、せめてお昼を食べてから……！　万世さんがたまごサンドをくれましたし、私もグラタンの材料買ってきたんですけど！」

「あと回しだ、あと回し。キャンキャン吠えてないで行くぞ」

レイジの自分への雑な対応に、二葉は再確認する。

（やっぱり先生が私を気に入っているなんて、百パーセントあり得ないですよ、万世さん……！）


そのマンションは足立《あだち》区の住宅街にあり、黒い外壁の四階建てで、突き出る各部屋のベランダが道路側から見えた。ベランダに植物を置いたり、布団を干したりしている様子も窺えて、いわくつきの一室を除けば、住人はそれなりにいるようだ。

少なくともこのマンションに着いた段階では、二葉は嫌な気配などは感じなかった。

「手始めに管理人室に寄ってみるか」

「そうですね」

一階のエントランスに入ってすぐ横、受付という札のかかった小窓を、レイジがノックする。

すると程なくして窓が開き、眉間に皺を刻んだ、少々厳めしい風貌のおばあさんが顔を出した。管理人らしい彼女は、「なんだい？　あんたたち」と露骨に怪しんでくる。

レイジは名刺を差し出しながら、猫被りモードを発動した。

「二、三、お伺いしたいことがありまして。ご協力いただければと」

「……芸能人かい？　悪いけど、テレビを見ないから知らないね」

「僕の知名度もまだまだですね。今後は管理人さんにも覚えていただけるよう、よりいっそう精進させていただきます」

わざと伏し目がちに、レイジが殊勝な態度を見せれば、管理人さんが「ま、まあ、あんたのことは今覚えたよ！」と秒でほだされたのが、二葉にはわかった。

相変わらずこのモードのレイジは、交渉の場において無敵だ。

「それで、なにが聞きたいんだい？」

「このマンションに、家賃設定が一際低い部屋がありますよね？　そこのベランダから、男の子がいじめを苦に飛び降り自殺したと聞きまして。真偽のほどはどうなのかと」

「なんだ、その話かい」

管理人さんは苦虫を嚙み潰したような顔をする。

「確かに八年ほど前……恵聖《けいせい》学院大学に通っていた高瀬《たかせ》くんって男の子が、ベランダから転落死したことは事実さ。だけどあれは、酒に酔って誤って落ちただけの、ただの不幸な事故だよ。警察もそう判断している」

（自殺じゃなくて事故……さっそくあの投稿話と、違う点が見つかったな）

レイジの後ろに控える二葉は、頭の中で情報を整理しつつ黙って耳を傾ける。

「このマンションはうちの旦那の所有で、私がずっと管理をしてきたんだ。歴代の住人のことはだいたい把握しているがね。高瀬くんは酒癖は悪かったけど、底抜けに明るい子だったんだよ。ここの近所のバーに頻繁に飲みに行っては潰れて、大学の友達に抱えられて帰ってきて、私が窘《たしな》めれば『管理人さん、母ちゃんみたいッスね』と陽気に笑っていて……いじめられていたとか自殺とか、根も葉もない噂だよ。どっからそんな話が生まれたんだか！　おかげで借り手はつかないし、高瀬くんも浮かばれないよ！」

「……ではあの部屋で、特に怪奇現象などは起こっていないのでしょうか？」

「っ！　そ、れは……」

管理人さんは口をつぐんで、気まずそうに視線を逸《そ》らす。たとえ自殺じゃなくて事故死でも、あの部屋にはなにかあるようだ。

レイジは小窓に顔を近付けて、じっと管理人さんを見つめながら、「教えてくれませんか？」と頼む。やがて管理人さんは根負けした。

「高瀬くんが亡くなってから……毎年夏の始まり、ちょうどこの時期になると、高瀬くんが住んでいた部屋に謎の足音はするよ」

「この時期に……？」

二葉がつい疑問を声に出すと、「高瀬くんが亡くなったのは、七月十六日だからね。その日が近付くとするんだ」という淡々とした答えが返ってくる。

今年の七月十六日は、もう明後日《あさって》だ。

「そのせいでやっと借り手がついても、夏を過ぎる頃にはみんな不気味がって退去しちまうから、一年と持たない。旦那と相談して、家賃も下げざるを得なくて……二年前、最後に入居した女の子なんて、足音以外にもものがなくなったとか話していたね」

「物がなくなったのは、その方だけですか？　どんなものでしょう？　覚えている範囲でいいので……」

「その子だけだね。事細かに報告されたから、よく覚えているよ。リボンやハサミ……なんたらナイフ、だったかな？　なんかオシャレなナイフと、あとワインボトル、それと……そうだ！　バラだよ、バラ！」

その女の子……投稿話だとAさんと思われる彼女は、ガーデニングが趣味で、ベランダでミニバラを育てていたという。せっかく綺麗に咲いたそのバラが、勝手に切られて数本なくなっていたそうだ。

(もしかして先生が夢で聞いたのって、『バラす』じゃなくて単なるバラ⁉)

オシャレなナイフがなにかも気になるところだが、それよりバラの花だったことが衝撃だ。

レイジも気付いたようで、ふむと思案気な顔をしている。

「その女の子の退去後も、足音はしているのでしょうか？」

「ああ、しているね。その部屋の隣の住人から、誰かいるのかって苦情が来たよ」

ため息をこぼした管理人さんに、二葉もレイジとそろって考える。

霊になった高瀬の目的は、やはり『いじめの復讐』ではなさそうだ。いじめっ子の殺害にバラの花など必要ないし、仮に復讐だったとしても、達成してからも霊は変わらず現れていることになる。

（じゃあ、高瀬さんの目的って一体……？）

命日の夏が近付くと現れる霊。

探しているものは、ワインボトル、リボン、ハサミ、ナイフ、バラ。

ここから導き出せるものが、二葉にはまったくピンと来ない。レイジも同様に、まだ情報不足だと感じたようだ。

「……よければ一度、その問題の部屋の中を見せてもらえませんか？　僕の生業が生業なので、心霊現象を解決する手助けができるかもしれません」

「本当に解決してくれるってんなら……まあ、見るくらい構わないけど……」

腰を上げた管理人さんに案内されて、二葉たちは外階段を上り、三階の『三〇三』と書かれた部屋へと向かった。管理人さんもできればあまり中には入りたくないようで、「外で待っているからさっさと済ませておくれ」と、ドア前で待機の姿勢を取る。

八畳のワンルームは、部屋そのものには奇妙なところは見当たらなかった。

白い壁は清潔感があって、フローリングの床と合わせて状態もいい。当たり前だがものはなにもなく、簡易式のキッチンや浴室トイレの扉を除けば、目立つのはベランダへと続く大きなガラス戸だけだ。

「うっ……」

しかし、レイジとふたりで足を踏み入れた途端、二葉は明らかに変わった空気に身震いする。

「どうだ？　高瀬の霊はいそうか？」

「はい……この部屋、冷房も効いてないのに異様に寒いし、ちょっと息苦しいです。この感じは確実にいる、と思います」

だが倉科理恵の霊のときのように、ドロドロとした重苦しい圧迫感はない。ただ、強い思念であることだけは間違いなかった。

二葉は鳥肌の立つ腕をさすりながら、ベランダの方に目を遣《や》ると――

「ひっ……！」

――ガラス戸の向こうに、ぼんやりと佇む人影がいた。

二葉よりも若い、二十歳前後だろうその男の子は、青いチェックシャツを真っ赤な血で染め上げている。全体的に細身で、青白い顔は鼻が低く素朴な印象だ。転落死したときの姿なのか、片腕が不自然な方向に折れていて、力なくダラリと垂れ下がっている。

「せ、先生！　います！　ベランダにいます！」

「落ち着け。なるべく細かに、霊の特徴や言動を俺に伝えろ。夢と同じか検証する」

「えっ、えっと、彼の顔と服装は……」

しどろもどろになりながらも伝えれば、怪夢に出た霊で間違いないと判断された。

そうこうしている間に、高瀬の霊はガラス戸を透過して、室内にゆっくりと歩いて入ってくる。

ペタ、ペタ、ペタ……という足音と共に、彼は部屋中をぐるぐる徘徊《はいかい》しだす。

「ワイン、ワインがいるんだ……ナイフも……リボンとハサミも……バラ、も。早く、早く……会いに行かなくちゃ……」

ボソボソと呟きながらも、なにもない部屋を探し回る高瀬の霊の姿は、二葉には健気にも感じられた。「早く会いに行かなくちゃ」という言葉には、どこまでもひたむきで、真摯《しんし》な想いが込められている。

だから二葉がそう問いかけたのは、ほとんど無意識だった。

「誰に……誰に会いに行くんですか？」

ピタリと、高瀬の霊が足を止める。

折れた腕が振り子のように揺れ、ブリキの人形を思わせる動きで、ギギギ……と首が二葉の方を向いた。よく見ると、首の骨も腕と同じく、折れておかしくなっているようだ。その異様さに、二葉は怯《ひる》む。

「う、あ……ご、ごめんなさ……」

意味のない謝罪が、歯の隙間から零れ落ちた。

霊の首はどんどん折れ曲がっていって、やがて九十度まで傾く。頭からも血を流しているようで、赤い筋が額から唇まで伝っていった。

恐怖に圧《お》され二葉はガタガタと震えるも、レイジがその恐怖を美声で打ち消すように、耳元に「しっかりしろ」と吹き込んで支えてくれた。

そして高瀬の霊が、小さく答える。

「み……なこ……さん」

（……みなこさん？　女性？）

次の質問を重ねる間もなく、フワッと空気が軽くなる。

高瀬の霊はいなくなり、冷気もどこかへ飛んでいった。最初入ったときはやけに暗い部屋だと思ったが、本来は陽当たりがいいようで、ベランダから眩《まばゆ》い光が差している。

その光を目にして力の抜けた二葉は、床にへなへな……とへたり込んだ。

「こ……怖かったあ……」

「よくやったな、立てるか？」

てっきり「早く立て」とまた雑にあしらわれるかと思いきや、レイジは手を差し伸べてくれた。

「あ、ありがとう……ございます」

彼の手は体温の低そうな見た目に反して、意外と温かい。体に冷えの残る二葉には、その温かさはちょうどよかった。

(……先生、ごくごくたまーに、こうやって優しいんだよね)

優しくされる方が、調子が狂ってしまう。

「それで、コマのした質問に、高瀬はなんと答えたんだ」

「あっ! それなんですけど、『みなこさん』って……。たぶん、女性の名前だと思います。その人に会いたいみたいです」

「……なるほどな」

レイジの中でなにかひとつの仮説が立ったらしい。

だが特には語らず、光沢のある黒髪を揺らして「出るぞ」と踵を返す。

「今日はもう事務所に戻る。明日にはランプが、大学生五人の殺人事件の詳細を報告してくるだろうし、俺たちは俺たちでまた、別の場所に調査に向かおう」

「別の場所ですか……?」

「この怪夢はどうやら、早々に解決できそうだ」

ニヤリと笑うレイジの後ろを、二葉もフラつきながら追いかける。だけどふと、最後にもう一度だけ部屋の中を見渡した。

まだうっすらとだが、漂う高瀬の思念を感じる。そして彼の思念はどこか切なさを帯びていて、二葉は胸の上でぎゅっと拳を握った。

「おい、なにをしているんだ？　早く事務所に戻るぞ。バンのたまごサンドと、チーズグラタンが待ってる」

『バン』はレイジが呼ぶ、万世の愛称だ。コマよりは遥かにまともである。

二葉は一応「グラタンはこれから私が作るんですけどね……」と訂正を加えつつ、今度こそ部屋に背を向けた。

翌日。

派遣のバイトがあったので、二葉が夕方レイジの事務所に行くと、室内にはカフェスタイルの万世もいた。

そしてなにやら、万世とレイジは言い争いをしている。

「だからな、俺はレイジの体を心配してやってるんだ！　ほら、試しに一本食ってみろ、旨いから！」

「いらないと言っている。しつこいぞ、お節介め」

「このくらい口うるさくしないと、お前は駄々っ子みたいにワガママ放題するだろ！」

「いつまでも子供扱いするな」

「あのぉ……ふたりはなんのお話を……？」

二葉がおずおずと声を掛ければ、万世が結んだ髪を跳ねさせて「おお！　二葉ちゃん、いいところに！」と、男前な顔に喜色を浮かべる。

「俺特製のバーニャカウダを作ったから、夕飯のお供にと思って、また差し入れに来たんだよ。二葉ちゃんも知っているだろうが、コイツ油断するとマジで食生活荒れっからさ。野菜不足を少しでも解消してやろうかと……なのに『食わないから持って帰れ』とかほざきやがって！　このクソガキめ！」

テーブルの真ん中にはドンと、昨日のたまごサンドが入っていたバスケットがある。

今日はその中身はバーニャカウダなのだろう。

怒る万世に対し、レイジは「野菜など食べなくても死にはしない」と、ツンと顔を背けている。

（万世さんといるときの先生って、心なしか精神年齢が下がるのよね……）

古い付き合いだという万世に、レイジなりに気を許している証拠なのか。

また二葉も最近わかったことだが、レイジはコーヒー好きな点を除けば、基本的に子供舌だ。野菜嫌いな上、二葉へのリクエストも、チーズグラタンの前はデミグラスハンバーグ、その前は半熟オムライス、またまたその前はミートスパゲティというお子様ラインナップだった。

だがそれでも、レイジひとりだとカップラーメンとコーヒーしか口にしないので、なんであれ料理を食べてくれる方が遥かに健康にいい。

「どうせ持ってくるなら、昨日みたいなたまごサンドか、唐揚げやポテトにしろ。それなら食ってやる」

「俺を舐《な》めてんな？　そんなのばっかだと、野菜要素が足りないままだろ。俺はイチの代わりに、お前の健康を管理する義務があるんだから、黙って言うこと聞け！」

（イチって誰だろ？）

万世の口から出た知らない存在に、二葉は首を傾《かし》げる。呼び名からは関係がまったく予想できない。

レイジは苦い顔をして、「……そんな義務、あるわけないだろ」と小声で反論していた。いつもふてぶてしいレイジのこんな弱い返答は、二葉は見たことがなかった。

「そういうわけだから、バーニャカウダを半分は食えよ？　二葉ちゃんに見張っててもらってあとでチェックするからな！　ただでさえ睡眠バランスが狂った生活してんだから、食事くらいはまともにとれ！」

また来るからな！　と言い残し、万世は喫茶店の方へと帰っていった。

レイジはチッと舌を打ちながらもバスケットを開けると、カップに入った人参スティックを、嫌々指先で摘まむ。そしてソースにディップして、行儀悪く立ったまま齧りついた。

「あ、なんだかんだ素直に食べるんですね」

「……バンには昔からごまかしが利かん。あれ以上うるさくされたら敵わないからな」

他の野菜スティックも二本胃に収めたあとは、すでに淹れてあったコーヒーを口直しとばかりにガブ飲みし、レイジはソファに腰掛けて「よし、本題だ」と切り替える。

「まずはランプが調べた、大学生の殺人事件についてだが……八年前、恵聖学院大学の学生による殺人〝未遂〟事件なら起こっていた。高瀬、フルネームは高瀬彰《あきら》の件とは、まったくの別件だがな」

「未遂で別件、ですか？」

「とあるC少年が、同じ学部の五人からいじめを受けていて、彼等の殺害計画を企てた。全員を殺したあとは、自宅マンションから飛び降りて自殺するつもりだったとも……。

しかし、ひとり目を包丁で襲ったところで失敗し、彼は警察のお縄についたんだ」

「包丁で……」

「C少年は高瀬彰とは学年も学部も違うし、面識もおそらくない。だが同じ大学で同時期に、C少年による殺人未遂事件と、高瀬彰の転落事故が起こったことで、ふたつがリンクしてあの投稿話になったようだな」

「ああ、なるほど……」

人から人へと話が広がるとき、別の話が交ざって定着してしまうのは、伝言ゲームとも似た要領だろう。

ちなみにC少年は、もう刑期を終えて今は普通に暮らしており、いじめっ子たちも自分たちの行いをかなり悔いたとのことだ。

「じゃあ、高瀬さんが霊になった原因は……」

「それを探りに今から動くぞ」

ニヤリと笑ったレイジと共に、二葉が向かったのは例のマンション……から程近いところにある、隠れ家的な小洒落たバーだった。

着くまで目的地を教えてもらえなかった二葉は、バーの木製のドアの前で「なんでこんなところに？」と頭にハテナを浮かべる。

「忘れたのか？　高瀬彰は生前、マンションの近所のバーによく飲みに通っていたと、管理人が昨日話していただろう」

「……そ、そういえば！」

「あのマンションから一番近いバーはここだ。高瀬彰の重要な情報……どころか、真実もここでわかるかもしれない」

そうして入ったバーの中は、照明が絞られ、壁やインテリアのすべてがダークトーンでまとめられた、いかにも大人な空間だった。テーブルは十五席ほどで、あとはカウンター席。すでにテーブルの方は何人かのお客で埋まっていて、談笑しながらグラスを傾けている。

それから真ん中には、堂々と佇むグランドピアノもあった。ここはバーはバーでも、俗に言う『ピアノバー』のようだ。

カウンターの向こうでは、マスターらしき顎鬚《あごひげ》を蓄えた渋い中年男性が、キュッキュッとグラスを磨いている。レイジは迷うことなく、彼と対面になる席に腰を下ろした。

手を止めて、マスターが顔を上げる。

「いらっしゃいませ。なにをお飲みに……っと、お連れのかたは高校生ですか？　申し訳ありません、うちは未成年のかたの入店はお断りしていて……」

「へっ？」

たった今、〝未成年の高校生〟と判断されたのは、レイジの横に突っ立っていた二葉である。小柄で童顔な二葉には慣れたこととはいえ、レイジにくつくつと笑われると腹が立つ。

「あ、あの！　私、これでもとっくに成人済みです！　必要だったら身分証もあります！」

「お、おや、失礼しました。あまりにかわいらしかったので……」

穏やかなマスターにフォローされ、二葉の損ねた機嫌が少し直る。

いまだに笑い続けながら、「お子様はミルクにするか？」とからかってくるレイジとは大違いだ。

（自分の方が子供舌だし、万世さんにはお子様扱いされているくせに！）

だがレイジも、酒を飲みに来たわけではないので、なにやら名前の長いノンアルコールカクテルを適当に注文していた。二葉も勧められ、レイジの隣に座って同じくノンアルのフルーツカクテルを頼む。

レイジの前には鮮やかなレッド、二葉の前には爽やかなブルーのカクテルが置かれたところで、レイジがマスターに切り込んだ。

「……この男の子に見覚えはありませんか？　高瀬彰くんというのですが、わかることがあれば教えていただきたいです」

レイジはジャケットから取り出したスマホを、サッと操作してカウンターに置く。画像が表示されていて、それは霊の姿ではない高瀬が、友人たちと陽だまりの中で肩を抱き合っている写真だった。

びっくりして、二葉は声を潜めてレイジに問う。

「せ、先生！　こんな写真、いつの間にどこで……⁉」

「今時、名前と大学名、在籍していた年などわかれば、ネット上に写真なんてホイホイ転がっている。高瀬彰はボランティアサークルに属していて、その写真がサークルのブログに残っていただけだ」

ふたりがコソコソと会話している間に、写真を見下ろしたマスターは「ああ、彼ですか。覚えていますよ」と頷いた。

「懐かしいですね。あんなにいい子だったのに、若くして亡くなってしまったことがとても残念で……。あなたたちは、高瀬くんとはどういったご関係で？」

「僕は高瀬くんの古い知人で、こちらの彼女は僕の妹です。最近になって彼の死を聞きましてっ……会わなかった間の彼のことを、少しでも知りたくて、いろんなかたに聞いて回っているんです」

今回のレイジは、自分の顔をマスターが初見なことを逆に利用して、思い切りウソをつく方向にしたようだ。そちらの方がいろいろと聞き出しやすいとの判断だろう。

いきなり〝妹〟にされた二葉からすれば、「急になに言っているの⁉」とツッコミかけてしまったが……。

人のよさそうなマスターはすぐに納得してくれた。

「お気の毒です……そういうことでしたら、私の知ることはお話しますよ。高瀬くんは数年前まではうちの常連さんで、美奈子《みなこ》ちゃん目的でよく来ていました」

「みなこさん、ですか？」

二葉の方がレイジより速く、その名前に食いついた。

「美奈子ちゃんはうちでバイトをしながら、そこでたまにピアノの演奏を披露していた音大生です。辞めてここにはもういませんが、『ＭＩＮＡＫＯ』という名前で、今はプロのピアニストとして活躍しています。ファンもたくさんいるすごい子なんですよ。高瀬くんはピアノを弾いている美奈子ちゃんに、一目惚れしたそうで……わかりやすいアピールをしていましたね。私は彼の恋愛相談も受けていました」

当時のことを思い出しているのか、マスターが微笑ましそうに眉尻を下げる。

高瀬が霊になっても会いたいと願う『みなこさん』は、どうやら恋のお相手だったらしい。

「彼女の誕生日に告白するから、贈りものはなにがいいかとか。そんな相談をされました」

「マスターはなにをご提案されたんですか？」

レイジの質問に、マスターは「そうですねえ」と顎髭を撫でる。

「美奈子ちゃんはワインが好きだったから、ちょっとお高いボトルワインに、バラの花でも添えればどうかなと。あと持っていたソムリエナイフが壊れたと話していたから、一緒にナイフも贈れば粋じゃないか……なんてアドバイスをしたんでしたか」

——そこで、ようやくすべてが繋がった。

高瀬が部屋で探していたものは、美奈子にプレゼントするためのものだった。

管理人さんが口にしていた『オシャレなナイフ』の正体も、『ソムリエナイフ』だったのだ。

（リボンはラッピング用だよね……ハサミは、リボンやバラを切るのに使ったのかな）

二葉はもうひとつ確認したくて、横からマスターに「美奈子さんの誕生日っていつなんですか？」と聞いた。

するとと、ちょうど明日だと答えられる。

七月十六日。美奈子の誕生日は、高瀬の命日だ。

「……告白する前に景気付けで酒をたらふく飲み、酔ってベランダに出たら転落した、といったところか」

レイジが呆れ交じりに述べた推察は、二葉も概ね当たりだと思う。酔っ払いが起こす悲劇はいつの時代もあとを絶たない。

マスターは悲し気にグラスに視線を落とす。

「高瀬くんが亡くなったことは、常連さんから数日後に教えられました。それまでは、どうして彼はあんなに気合いを入れていたのに、美奈子ちゃんにプレゼントを渡しに来ないのか、やきもきしながら待っていたものです。美奈子ちゃんだって、彼の好意は満更じゃなかったんですよ？　彼女も訃報を聞いたときは気落ちして……ああ、でも」

マスターはいったん言葉を切り、「これはちょっと不思議な話なんですが……」と前置きする。

「二年前の七月十六日に、店の入り口前にポツンと、ワインボトルが置かれていたことがあったんです。そこそこ値段のする、ロゼワインだったかな。三本の赤いミニバラと、使い古したソムリエナイフも、ボトルに黄色いリボンが不格好に巻き付けられていましてね。なぜかそばにハサミも落ちていました」

それらはおそらく高瀬の霊が、Aさんが住んでいたときに部屋から持ち出した品々だ。高瀬は霊になってもずっと、美奈子にプレゼントを渡そうとしていた。そして彼女の誕生日が近付くとあの部屋に現れ、その品を探して足音を響かせていた。

だけど入居者によっては、ハサミやリボンくらいならまだ持っていたとしても、バラやワインまではなかなか揃わなかったのだろう。ワインを飲まない人が、ソムリエナイフを持っているはずもない。だけどやっと、たまたまAさんが、高瀬が求めていたものをすべて所持していたのだ。

しかし……。

「……その置かれていたワインは、どうされたんですか？」

「一瞬、死んだ高瀬くんからじゃないかとは考えたんです。だけどそんなこと、あり得るはずがないと……どちらにせよ、美奈子ちゃんはもう店を辞めたあとでしたし、怪しいワインを送りつけるわけにもいかず、こちらで処分してしまいました」

二葉はガックリと肩を落とすも、マスターの対応は当たり前だ。だいたいちゃんと美奈子に届いていれば、その時点でもう、高瀬の霊は部屋に現れていないだろう。

(高瀬さんが霊になった原因は、怨みじゃなくて……好きな人に想いを伝えられなかったことへの無念なんだ)

レイジは「巻き込まれたAが可哀相だな」などとこぼしているが、二葉は高瀬にも十分同情してしまう。なにより二葉は高瀬の霊の、切実な思念を直接感じ取っているため、なんとかしてあげられないかと考えてしまう。

「私から、高瀬くんについてお話しできることはこのくらいです。心ばかりですが身になりましたでしょうか？」

「ええ、大変助かりました。ありがとうございます」

レイジはにこやかに微笑むと、真っ赤なカクテルを一気に飲み干し、あっさりと席を立った。

彼がふたり分のお代を払ってくれている間に、二葉も慌ててブルーのカクテルを口にする。甘酸っぱいグレープフルーツの味が舌に馴染《なじ》んで、スッキリと飲みやすかった。だがゆっくり味わう間もなく、半分に減ったところでレイジに呼ばれる。

外に出ると、周囲はすっかり夜になっていた。

「これで真実は解き明かせたな。今回の怪夢は終わりだ……早く帰って寝直そう」

人気の少ない狭い通りを、駅に向かって歩くレイジの足取りは軽やかだ。スピード解決できたことで機嫌がいいようだ。

雲のかかった爛《ただ》れたような月は、彼の混じり気のない黒髪をほんのり照らしている。白磁の肌と合わせて、それがひどく幻想的に映えており、一歩後ろを歩く二葉は魅入ってしまう。

(先生には、夜が似合うよね)

なにが潜むかわからない暗闇の中でこそ、レイジの怪しい存在感はいっそう際立つ。

「だが寝る前に、たまにはワインで一杯やるのもいいかもしれないな。どこかのワインショップで一本買うか」

「あっ、ワインのことなんですけど、先生!」

我に返った二葉は、おずおずと申し出る。

「私から高瀬さんの名前で、美奈子さんにワインを送ってあげちゃダメでしょうか? プロのピアニストさんなら、ファンからってことで事務所とかに送れるかなって。受け取ってもらえる確率は半々ですけど……。ソムリエナイフとかバラとかも、できるだけ高瀬さんのしたかったことに近付けて……その、彼の代行で……」

それはマスターの話を聞き終えてから、二葉がぐるぐると思案していたことだ。余計なことかもしれないが、それで高瀬の未練が晴れるかもしれないなら、やりたかった。

だが予想どおり、レイジからは難色を示される。

「霊に肩入れしすぎるのは、褒められたことじゃないな。それはコマだって重々承知じゃないのか？」

「それは、そうなんですけど……」

「怪夢を解けさえすれば、俺はもう霊の未練に用はない。怪談話として語るとしても、これ以上は蛇足もいいところだ」

「ですよね……」

取り付く島もない意見に、二葉はうなだれる。そんな彼女に対し、レイジは夜風に乗せて溜息をついた。

「……だが〝アシスタントの業務外〟で、お前がなにかするのを止めるつもりもない。やりたければ好きにしろ」

「い、いいんですかっ⁉　ありがとうございます！」

実質上の許可をもらって、二葉はパッと顔を上げた。

善は急げで、すぐプレゼントを用意しなくてはいけない。

（でも高いワインは無理だから、安物でも勘弁してくださいね、高瀬さん……！）

レイジからたんまり、先月分のお給料をいただいたとはいえ、貧乏な二葉に生活費以外の出費は痛い。当時学生だった高瀬が、いくらのワインを用意するつもりだったのかは、不明だが……。

「Aさんの部屋から持ち出されたのは、マスターの話によるとロゼワインでしたっけ？　私はお酒自体に詳しくなくて……先生はどんなワインかわかります？」

「なんだ、そんなことも知らないのか？　ロゼワインの『ロゼ』は、フランス語で『バラ色』の意味だ。名のとおり、華やかなピンクのワインだな。基本的にクセがないからどんな料理にも合う。女性へバラの花と共にプレゼントするなら、偶然そのワインがあっただけだとしても、まあ悪くないセンスだろう」

「へえ……先生、詳しいですね」

「……泥酔して眠れば怪夢を見なくなるかもしれないと、酒は種類も飲みかたもいろいろ試したんだ。中学生の頃にこの体質になって、二十歳を迎えてからすぐな。だが怪夢は変わらず、とんだ悪あがきだった」

(中学生の頃って……先生の体質は、生まれつきじゃないんだ)

後天性のものだとは思わず、二葉は少々意表を突かれた。

だけど二葉の霊感も、きっかけがあって小学生の頃に目覚めたものなので、レイジの体質に関してもなにかしらあったのかもしれない。

（聞いてみてもいいのかな……けど私だって、きっかけのことを聞かれると困るし、進んで話したくはないしな……）

悩んだ末、二葉は聞かない方の選択肢を選んだ。

その代わり、「ワインといえば、バーニャカウダのおつまみもありますよ」と意地悪く囁く。普段の横暴に対するささやかな意趣返しだ。

ぐぐっと、レイジの柳眉が嫌そうに歪《ゆが》む。

「俺はもう食っただろう。残りはお前が食え」

「ダメですよ！　万世さんに釘刺されたノルマの半分まで、先生はまだ達していませんー！　もっと食べないと！」

「あれ以上、あんな草食動物用のおやつなんて食えるか」

「どんな偏見……」

月明かりに浮かぶレイジの麗容は、今は万世相手のときのように、拗《す》ねた子供みたいな表情をしている。「食わんといったら食わん」と頑なな態度も、そのまま子供だ。

それに二葉は隠れて笑い、いつかレイジの事情をもっと知れたらいいなと、そう思った。

＊＊＊

都内にある、とある音楽事務所の一室。

クルリと巻いた茶髪のロングヘアーを揺らして、美奈子はこれから千葉《ちば》県のコンサートホールへ出向くべく、いそいそと準備をしていた。

大きなホールで初めてソロコンサートを行うので、だいぶ緊張している。小さなバーでバイトしながらピアノを弾いていた頃に比べたら、かなり出世したものだ。

そこでトントンと、ドアがノックされる。

「はーい」

「ああ、よかった！　美奈子ちゃん、まだいたのね。これ、美奈子ちゃん宛に誕生日プレゼント。また来ていたわよ」

事務所のスタッフが、美奈子に紙袋を手渡す。

今日は美奈子の誕生日であり、朝からちょくちょくと、ファンの人から手紙やプレゼントが届いていた。事務所側のチェックをクリアしてから、こうして美奈子のもとに届いている。

「ありがとうございます。中身は……またワインですね。綺麗なピンクのロゼワイン、嬉しいです！」

個人サイトのプロフィール欄に、『ワイン好き』と書いたおかげか、これでワインボトルのプレゼントは三本目だ。

「それにソムリエナイフと、バラの花……この黄色いリボンもかわいいです」

「三本の赤バラなんて、情熱的よねぇ」

バラに目を留めたスタッフがニヤニヤとする。

「三本だとなにかあるんですか？」

「あら、聞いたことない？　バラは本数で意味が変わるの。三本は愛の告白になるのよ！　美奈子ちゃんにガチ恋しちゃった男性ファンからかもね」

「もう、やめてくださいよ！」

気恥ずかしさを覚えながらも、美奈子はワインボトルに貼り付けてあった、白いメッセージカードを裏返してみた。

そこにあった送り主の名前に、目を見開く。

「『お誕生日おめでとうございます　高瀬彰より』……ウソ、高瀬くん……？」

それは泣きたくなるほど、懐かしい名前だった。

彼は転落事故でとっくに亡くなっているのだから、これは気味の悪いイタズラだと断じるべきだろう。字だって丸っこく女の子が書いたような雰囲気で、美奈子が覚えている高瀬の筆跡とは合わない。

だけど、どうしてか美奈子は、これをくれたのが高瀬である気がしてならなかった。

――ふと、どこからか耳元で声がする。

『ずっと渡したかった。俺は美奈子さんのことが、好きでした』

少しあどけない、高瀬の声。

美奈子は驚いて振り返るも、そこにはきょとんとした顔のスタッフがいるだけだ。

「高瀬くん……本当に……」

八年ほど前、美奈子はこのまま音楽の道に進んでいいものか、延々と悩み苦しんでいた。ピアノを弾くことは大好きなのに、周囲との才能の差に打ちのめされていたのだ。

だから最初、バイト先のマスターが店で弾いてみないかと提案してくれたときも、あまり乗り気ではなかった。だけど試しに一曲弾き終わったあとに、興奮しながら『すごいです！　俺、クラッシックとかまったくわかんないけど、めっちゃよかったです！　感動しました！』と話しかけてくれた高瀬に、美奈子はずいぶんと救われたものだ。

高瀬の自分への好意は、その時点から充分に伝わっていて、また美奈子自身の気持ちも、マスターには見抜かれているようだった。

でも、まだ恋に夢見る年頃だったから、告白はするよりもされたかった。

高瀬が言ってくれるのを、美奈子だってずっと待っていたのだ。

「こんなになって……遅いよ、高瀬くん」

目からポタリと雫《しずく》が落ちる。

ピンク色に波打つワインのボトルには、本番前だというのに泣きながら笑う美奈子の顔が、しっかりと映り込んでいた。

三夜 廃校に響く校歌

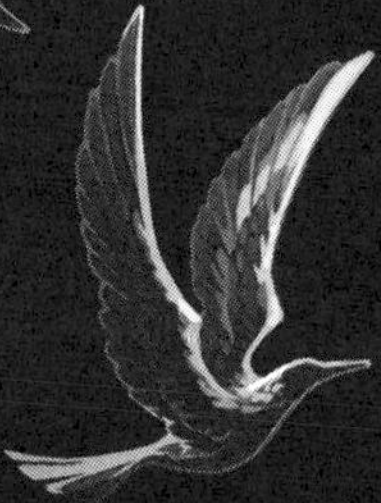

えー、ちゃんと映っていますか？　音は大丈夫？

……こんばんは！

いわくつきの廃墟を探索して、心霊現象を調査するこのチャンネル・廃墟心霊部の動画もついに二十本目となりました！　ナビゲーターのシャン太《た》です。

現在は夜の九時、リアルタイム配信でお送りしています！

ありがたいことに、チャンネル登録数もうなぎ登り！　僕の顔も売れてきたかな？

今回は埼玉《さいたま》県にある、三十年前に廃校になった小学校に来ておりまーす！

このへんは僕の地元でもあるんですよね、懐かしいなあ。前にも動画で埼玉県出身って言ったかな？

この今にも崩れそうな建物……暗いですが見えるでしょうか？　創立は昭和の頃までさかのぼる、木造の校舎です。今回は視聴者さんから匿名で、ぜひ調査をしてほしいとの熱いメッセージをいただきまして、こうして訪れたわけですね。

メッセージによると、音楽室から不気味な歌が時折聞こえるそうです。

その音楽室を目指して、まずは校舎の中にレッツゴー！

うわ……ギシギシ言いますね……床が抜けそうです……。壁は剥がれて、天井からもたまにパラパラ木屑《きくず》が落ちてきます。

昇降口の壁にあったボロボロの校内案内図だと、音楽室は二階みたいですね。気を付けて、階段を上ります！

音楽室前に着きました……ドアは開いています。中に入ってみますね。うーん、特になんの変哲も……。

ガラッ、ピシャン！

っ!?　み、見ましたか!?

ドアが！　ドアが勝手に閉まりました！　……え、あれ？　ウ、ウソだろ、おい!?　開かない!?

『冷静に』『落ち着いて対処しよう！』

……すみません、コメントありがとうございます。そ、そうですよね。こういうときこそ、冷静に対処しないと！

『閉じ込められたってこと？』『電波が通じるならなんとかなるだろ』『大丈夫？　シャン太くん』

はい！　大丈夫です！　落ち着いて、室内を……っ！

ザザザザザッ

光あふれる　山々の
想いが集う　朝の窓辺

ひっ！　な、なにか、どこからか歌が流れてきました！　子供が歌う……これは、校歌でしょうか？

花薫る　風の中に
あなたの横顔　美しく
共にいこうよ　翡翠《ひすい》の学び舎《や》

歌詞はありふれた校歌といった感じですが……これにどんな意味が……うわぁ！

『どうしたの？』

て、手形が……黒板に赤い手形が！　さっきまではなかったのに……!?

『後ろ見て。黒い影が動いたよ！』『ロッカーもガタガタいってね？』『ねえ、これガチ？ヤバイんじゃや……』

も、もう嫌だ！　早く出してくれ！　誰かいる！　ここに誰かいる！

早く、早く、たすけて……うわあああ！

――プツンッ

＊　＊　＊

「……以上が、逆さまの首を持った、赤いコートを着た女の霊の真実です。まさか言葉も逆さまだったとは、僕も驚きました。またほんの余談ですが、女を騙していた詐欺師の男は、とても〝恐ろしいもの〟を見たようで、精神が錯乱して今も病院にいるようですね。人を騙してお金を稼ぐなんて、悪いことはできません。皆さんもどうぞお気を付けて」

レイジがトーンを落とした声でそう忠告すると、会場からどこからともなくゴクリと唾を飲み込む音が響いた。

本日の怪談ライブは、埼玉県の小さなライブハウスで行われている。

夏は怪談師の仕事の繁忙期とも言えるので、今週に入って三回目の怪談ライブだ。

この度はリニューアルオープンに伴い、レイジのファンだという支配人が、ぜひうちのステージを使ってほしいと依頼してきた。こういった場所で怪談というのは少々珍しい趣向だが、レイジの知名度ひとつでお客は満員だ。

もう終盤で一時間丸々立ち見だというのに、誰もステージから目を離さない。それほど、レイジの話に、彼の存在に、みんな惹き込まれている。

「さあ、ロウソクの火を吹き消して、今宵の百物語はここでおしまい。最後までご清聴ありがとうございました。語り部は僕、百物語レイジでお送りしました」

レイジがお決まりの口上を述べ、「また火が灯る夜に、お会いいたしましょう」と艶《あで》やかに微笑んだ。

ステージに注ぐ淡い照明の中で、ロウソク柄の羽織がふわりと舞う。

こうして——本日のライブも幕を閉じた。

「先生、お疲れ様です！　お水どうぞ！」

「ああ、もらう」

拍手を引き連れてステージ裏に下がったレイジに、アシスタントとして控えていた二葉は、ペットボトルとタオルを持って走り寄る。機材のコードに引っ掛からないよう、足元に気を付けながらレイジにそれらを渡し、逆に羽織を預かった。

二葉がレイジのアシスタントになって、なんやかんやと二か月半。こういうライブ後のサポート面でも、だんだんとふたりの息は合ってきていた。

「喉の調子、問題なかったですか？　リハーサルのときによくないって言っていたから、心配していたんですが……」

「昨晩から始まった、新しい怪夢のせいだな。また寝不足で喉に響いた。だが今は問題ない。一度語りだせば調子くらい治る」

「先生って本番に強いですよね。今回もバッチリ、お客さん震えていましたよ！」

そうしてふたりで会話しながら、ステージ裏を出て楽屋にいったん向かう。

しかし、『百物語レイジ様』と書かれた楽屋の前では、えらそうに腕を組んだ小柄な人物が、通せんぼするように仁王立ちしていた。

「――待ってたぞ、レイジ！」

「ええっと、どちら様でしょう……？」

見覚えのない顔であったため、二葉が先に反応して尋ねる。

背丈は二葉とそう変わらず、大きな瞳の愛らしいベビーフェイスで、アッシュグレーに染めたショートの髪に、鮮やかな青のインナーカラーを入れている。

もう八月に入ったにもかかわらず、背中に鬼の絵が刺繍《ししゅう》された青いスカジャンを着て、オーバーサイズの白いTシャツと、下は細身のスキニーパンツを合わせ、全体的にストリートファッションで固めていた。ボーイッシュな女の子のようだ。

だが首から下げている、これまた青い御守り袋だけが異様に浮いている。

「なんだ……来ていたのか、ランプ」

「えっ⁉　この女の子がランプさん⁉」

二葉が驚愕《きょうがく》に声を上げると、ランプが「女じゃねぇ！　オレは男だ！」と吠《ほ》えるので、さらに驚愕である。

「また性懲りもなく、俺のライブを聞きに来たのか？」

「う、うぬぼれんな！　お前のライブなんて知らねぇわ！　オレも来週ここで、他の怪談師連中と合同ライブするんだよ！　その下見に来ただけだ！　レイジの話なんて聞いてねぇし、新作の話だってこれっぽっちも興味ねぇ！」

「新作を話したことを知っているんだな。どうだった？」

「逆さまの首が転がっていったところで、相変わらずのお前の表現力と、声の良さにゾクッときて……ちげぇ！　だから聞いてないって！」

レイジの怪夢を解く上で、常に重要な情報収集を担当している、ネット怪談系を扱う怪談師・蒼乃ランプ。

その正体が想像より若く、オマケにレイジに対して残念なツンデレを発揮していることに、二葉はどうリアクションを取るべきか考えあぐねている。

（私と一緒で、先生に振り回されている被害者仲間だと思っていたけど……想像の斜め上かも。なんか、先生のこと大好きじゃやない？）

そこでレイジが、ようやく二葉にランプを紹介してくれる。

「この猿のように喚くチビがランプで、確かコマとは同い年だ。もう察しただろうが、コイツは気持ち悪いくらい俺に心酔している」

「し、心酔なんかしてねぇし！」

「その面倒な態度、お前も飽きないな。どこかのインタビュー記事で、『百物語レイジのライブを聞いて怪談の世界にハマり、彼に憧《あこが》れて俺も怪談師になりました』とかなんとか、恥ずかし気もなく公言していただろ」

「あの記事見ていたのかよ……！　レ、レイジもやっと、オレをライバルとして意識してきたのか？」

「いや？　俺の名前を見つけて読んだら、たまたまお前の記事だっただけだ」

「ちくしょう！」

地団駄を踏んで本気で悔しがるランプ。

ついでにレイジは、二葉にランプの本名が佐《さ》藤葵《とうあおい》で、彼の芸名は、『蒼乃ランプ』＝『青のランプ』＝『青行灯《あおあんどん》』からつけられていることを教えてくれた。

『青行灯』とは、百物語で百個目の物語を語ったときに、暗がりから現れるとされている妖怪だ。鳥山石燕《とりやませきえん》の『今昔百鬼拾遺《こんじゃくひゃっきしゅうい》』においては、長い髪から角を生やした、白い着物姿の恐ろしい鬼女の姿で描かれている。また別の怪談集『宿直草《とのいぐさ》』では、その正体は天井から伸びる大きな手ともされていた。どちらにしろ怪異に襲われることを避けるため、百物語は九十九個目の話で止めるのがベターだ。

ここでも『百物語』に関連させていることから、ランプのレイジへの深いリスペクトが窺える。

（……なんというか、筋金入りだなあ）

それでも、このかわいらしい容姿と意外と巧みな話術で、男女ともにコアなファンが多いらしい。

二葉が呆れ半分、感心半分で、一歩引いてランプを眺めていると、彼の大きな瞳でギッと睨まれる。

「そこにいる女……お前がレイジの新しいアシスタントかよ？」

「あっ、はい。駒井二葉といいます」

いきなり敵意を剝き出しにされたが、二葉はしっかりと名乗った。ランプの顔には『認めません』とデカデカと書いてある。

「こんなどんくさそうな奴、レイジの役に立てるのかよ？　お、俺が正式なアシスタントになってやってもいいって、前々から言ってんのによお……」

「アシスタントにしたら、お前は絶対にウザいだろ」

バッサリと切り捨てたレイジに、二葉の方が「ちょっ！」と焦った。

ランプはガーンと効果音がつきそうなほどショックを受けたものの、立ち直りは早いようで、二葉を指差しながら「でもコイツより役に立てる！」と主張する。

「レイジ！　またお前、怪夢とやらを見てるんじゃないのか？　仕方ねえから、忙しい俺がまた情報収集してやるよ。感謝して、俺の有能さを思い知れ」

「……ああ、どうせお前に、このライブ後にメールするつもりだったんだ。とりあえず中で話すぞ。疲れたから座らせろ」

ランプを片手でシッシッとどかして、レイジはドアを開けて楽屋に入っていく。残りふたりも続くが、その際に二葉はランプにもう一睨みされ、つい苦笑が漏れた。

(今回の怪夢の調査は、いつもより面倒なことになる予感……)

簡素なテーブルを囲んで、レイジと二葉が隣り合い、その対面にランプが座る。テーブルには網籠《あみかご》に盛られたお菓子と、ペットボトルのお茶が置かれていた。

パイプ椅子をギシリと軋ませ、さっそくレイジが怪夢について説明する。

今回の怪夢の舞台は、とある木造の古い小学校。その音楽室で老人がひとり、ポツンと佇んで、悲し気な声で校歌らしきものを口ずさんでいたそうだ。そして最後に、『歌われなかった、私の校歌』と呟いていたとか。

「光あふれる山々の……想いが集う朝の窓辺……だったか」

「わっ、先生！　歌うまいですね……！」

レイジの美声で紡がれる歌は、たとえ校歌であっても聞きごたえがあった。ランプなんて「レイジの生歌……！　レアだ、録音しときゃよかった……！」とか小声で呟きながら、口元を押さえて震えている。

（ランプさんって、もはや素直じゃないだけの『百物語レイジヲタク』では……）

二葉の胡乱《うろん》な視線も気にせず、ランプは気を取り直すようにコホンと咳をすると、「その校歌は調べるまでもねぇ」と言い放つ。

「先々週くらいに投稿されたある動画が、一部の怪談好きの間で話題になっている。元々投稿者自体が、そこそこ人気のある奴で……それがこれだ」

ランプはカバーにステッカーを貼りまくったスマホを取り出し、その話題の動画とやらを再生する。

金髪で耳がピアスだらけの、チャラそうな『シャン太』という青年が、ハンディカメラを片手に深夜の廃校に忍び込む。しばらくは何事もなかったが、音楽室で事態は一変。閉じ込められ、様々な怪奇現象に襲われた末、画面はブラックアウトしてしまう。

　その怪奇現象のひとつとして、突如どこかから流れた子供の歌う校歌が、まさしくたった今レイジが口ずさんだものだった。

「い、いろいろと気になる点はあるけど……このシャン太さんは無事なんですか？」

　二葉が不安気に問えば、ランプが「ああ、無事だぜ」と、テーブルの真ん中に置いたスマホを指先で弾く。

「別の動画を後日アップして、この出来事の続きを語っている。校歌が終わったらドアが開いて、半狂乱で一目散に逃げたとさ。だけどいまだにあの校歌が、頭にこびりついて離れない……ってな。動画自体がやらせだと批判しているアンチもいるが、このシャン太って奴、知り合いでさ。コイツの動画にオレが出て、一回コラボしただけなんだけどよ。シャン太は見た目はチャラいけど、純粋なホラー好きの廃墟マニアだ。動画制作には真剣で、やらせなんてしねぇよ」

「だろうな……この動画の廃校は、俺が怪夢で見た場所だ。リハでこちらに寄ったときにでも、思念を拾ったみたいだな。校歌も間違いない。怪夢では、歌っていたのは老人だったがな」

「動画だと子供ですね……」

三人は顔を見合せて首を捻《ひね》る。

とにかく謎を解くヒントは、校歌に隠されていそうだ。

「昔から『歌』というのは、なにかしら裏の意味が込められている場合も多い。童謡やわらべ歌なんかが特にそうだ。『はないちもんめ』とか『とおりゃんせ』とかな」

レイジが例に挙げた歌は、もちろん二葉だって歌えるし、誰でも一度は聞いたことがあるだろう。

『はないちもんめ』は、ジャンケンで友達が取った取られたを繰り返す遊び歌でもあるが、実は人身売買が絡んでいるという説が有名だ。『もんめ』は漢字で『匁』と書き、これは重さの単位であると同時に、江戸時代では銀の通貨単位でもあった。歌詞にある「あの子がほしい」は、お金を出して子供を買う場面では……という解釈だ。

一方『とおりゃんせ』は、発祥の地がちょうどここ埼玉県の、小江戸として観光人気の高い川越《かわごえ》市だと言われている。こちらの歌も意味深な歌詞から、神様の生贄《いけにえ》説や口減らし説など、実に多くの説が存在する。

どれもあくまで都市伝説の範囲だが、まったく信憑《しんぴょう》性がないわけでもないのが、多くの人に関心を寄せられてきた由縁《ゆえん》である。

「そういえば、『童謡』と『わらべ歌』って、なにが違うんですか？　同じ意味で使っていましたけど……」

「ふたつは混同されがちだが、『童謡』は大正時代から作詞家・作曲家たちが作ったもの、『わらべ歌』はその時代より古くから、作者不明で人伝《ひとづて》に歌い継がれてきたものを指すな」

「へえ……なるほど！」

レイジの解説を受けて、二葉は感心する。

「童謡でもわらべ歌でも、どっちでもいいけどよ。明るい曲調なのに、歌詞をよく見たら暗くてヤバい歌なんて、現代でもザラにあるだろ。ただ暗いだけじゃなくて、特定の誰かへのメッセージだったり、物事への風刺が利いていたり……おっ、これ旨っ！」

置かれている個包装のお菓子を、ランプは勝手にバリボリと咀嚼《そしゃく》していた。良質な米を使って作られた、埼玉県名物の『草加《そうか》せんべい』だ。

小気味いい食感が気に入ったのか、次々手をつけるランプの発言に対し、レイジは「歌は聞いた奴の脳に、言葉を刷り込ませやすいからな」と同意する。

「だがこの校歌の歌詞の内容は、さほど意味があるとは思えんが……おい、ランプ。まだこの廃校と校歌について、他に情報は掴んでいないのか？」

「これから調べるとこなんだよ！　オレだって忙しいって言ってんだろ！」

口からせんべいの欠片《かけら》を飛ばしながら、ランプが喚く。

二葉はふたりの会話を横に、ある歌を記憶から思い起こしていた。脳内を巡るように、その歌が流れだす。

（あかいぼんぼり……おいかけて……きまっしきまっし……とりいのむこう……）

最初に二葉に歌って聞かせたのは、とうの昔に大往生した曾祖母だったが、単純なメロディーラインと短い歌詞は、幼い子供の耳にもすぐ溶け込んだ。

二葉の出身地である金沢の、ごく一部の地域に伝わるわらべ歌だというが、真偽のほどは定かではない。

「じゃあ、オレはもう用があっから出るけどよ」

「あっ……」

歌が一周したところで、ハッと二葉の意識が戻る。

気付けばランプが、スカジャンのポケットにスマホをしまって、パイプ椅子から立ち上がっていた。

「どうせ調査でこの廃校にも行くんだろ？　今回はオレも参加するから同行させろ。シャン太の奴、すっかり怯えちまって、しばらく動画投稿は休止するなんて宣言してやがったんだ。オレが真実を暴けば、ちょっとはスッキリして、アイツのトラウマも解消してやれるかもしれねぇ」

「ランプさん……」

一回コラボしただけの仲だというが、ランプは情に厚いのだな……と、二葉が見直したのも束の間。レイジが「好きにしろ」と答えると、ランプは「よっしゃ！　念願のレイジと初調査……！」と隠れてガッツポーズをしていた。

（この人、ただ先生と一緒に調査したいだけだ！）

きっとこれまでは、大半がメールでのやり取りのみだったのだろう。またランプから、素直に一緒にやりたいとは言いだせなかったに違いない。

（あのメールのやり取りだけ見ていると、ランプさんはしぶしぶ先生に付き合っている風だったもんね……実際はこうだけど）

ランプはドアの前で振り返り、ビシッとレイジたちに指を突きつける。彼の爪には、よく見れば海のように青いネイルが施されていた。

「集められるだけの情報は集めてやっから、それまで勝手に行くなよ！　オレからの報《しら》せを寝不足のまま待ってろ、じゃあな！」

そう声高に言い残し、青い御守り袋を跳ねさせて、ランプは意気揚々と去っていった。

彼がいなくなるだけで、場はずいぶんと静かになる。

レイジは隈に囲まれた瞳を細め、気怠げに首の裏をかいた。

「ランプは使える奴だが……あのとおり、騒々しくて敵わん。アイツをアシスタントにしたら、確実に寝起きから頭が痛くなる」

「先生への愛を拗らせていましたね……。ところでランプさんって、霊感はあるんですか？」

「俺に比べたらあるが、コマほどじゃない。心霊現象への遭遇率も、奴はそこまで高くないぞ。その点では遥かにコマの方が上だ」

それを聞いて、霊感の強さなんてあっても嬉しくないはずなのに、二葉は無意識にホッとしてしまった。

ランプに「お前はレイジの役に立たない」的な台詞《せりふ》をぶつけられ、二葉は二葉で、ランプに対抗意識を抱いていたらしい。

最初は高い給料と好奇心に負け、あれよあれよと始まったレイジのアシスタント生活。それでも共に怪夢をいくつか解決して、レイジとの関係もそれなりに築いてきているというのに、勝手に役立たず扱いされるのは、二葉だって悔しかった。

（私も仕事ができるってとこ、ランプさんに見せてやる！）

二葉は密かに闘志を燃やす。

レイジの預かり知らぬところで、二葉VSランプの『レイジのアシストバトル』は、そっと火蓋が切られた。

＊　＊　＊

気合いの入りまくったランプからは、翌日の朝一にさっそく、レイジのもとにメールが届いていた。そのメールに添付されていたのは、シャン太の動画から校歌の部分だけを抽出した音源だ。

そしてメールの本文には、廃校こと『翡翠小学校』の住所が記載されていた。

校歌の歌詞には『翡翠の学び舎』とは出てきたものの、動画では『埼玉県のとある廃校』とだけ紹介されていて、明確に小学校の名前も住所も伏せられていたが、ランプはそれを突き止めてくれたようだ。

また『わかったことは先に教えたが、ぜっっったいにオレを置いていくなよ！　勝手に行ったら怒るからな！　明後日の夜には予定空けっから、オレも連れてけ！　絶対だからな！』と必死な訴えも綴られていた。その必死さに二葉はちょっと引いた。

だが忍び込むのは明後日の夜だとしても、事前情報は多いに越したことはない。

そう考えたレイジはメールを受けとってすぐ、先に聞き込み調査をするため、手間を惜しまず電車を乗り継ぎバスにも乗って、二時間かけて廃校のある場所へと向かった。

廃校自体は山奥にあり、今回は山に入る手前の、民家が連なるところのバス停で降りる。

「わっ、自然の中だと、都内よりも涼しい気がしますね！　空気も澄んでいるっていうか……」

二葉は夏風に翻るロングスカートを押さえながら、一面が緑の周辺をゆっくりと見回した。二葉の実家も山の方なので、この空気には慣れ親しんだものを感じる。

そんな二葉を置き去りに、レイジはスタスタと歩きだす。

「あっ、ちょっ、先生！」

「のんびりするな。夜にはラジオの収録もあるんだ、手早く聞き込みをするぞ」

忙しい売れっ子怪談師様には、自然を満喫する余裕はないらしい。

(ただでさえ怪夢を見ている間だし、落ち着かないのは仕方ないけどさっ！)

それからふたりは、通りかかる人を片っ端から捕まえては廃校について尋ねていった。

そのほとんどが高齢者かつ、生まれてからここにずっと住んでいる地元民で、翡翠小出身だというご婦人や、学校関係者だった男性にも話を聞けた。

廃校になった理由は、単純に過疎化による児童数の減少で、特に事件があったというわけではないらしい。怪奇現象があるという話も、誰からも聞けなかった。

だが試しに、ランプお手製の校歌の音源を聞かせてみると、全員から予想外の反応をもらってしまった。

「なんだい？　この校歌。うちの小学校の校歌は、これじゃなかったよ」

「翡翠小学校の校歌なら、もっとパッとしない曲だったぞ。歌詞もあけぼのの空が……ああ、我ら……ってやつで」

「これはまったく別の校歌だね」

そろってそんなことを言われ、二葉はわけがわからなくなってくる。

「い、いったいどういうことなんでしょう……？　関係ない学校の校歌を、シャン太さんは聞いて、怪夢で老人が口ずさんでいた……？」

「歌詞に『翡翠』の単語があることからも、翡翠小学校と例の校歌がまったくの無関係……というのは、さすがにないだろ。実際に歌われていたのは、本当に別物のようだがな。ここに老人が呟いていた、『歌われなかった、私の校歌』という言葉の意味があるのかもしれん」

「……例えばですけど、その老人は例の校歌の作者で、翡翠小学校のために作ったけど、なんらかの理由があって使われなかったとか？　それが老人の未練……？」

「妥当な線だな。だが真実にはまだ及ばない」

いったんバス停に戻って意見を出し合うも、今の段階ではここまでの推測が限界だ。

ふとそこで、タイヤをカラカラ回しながら、自転車を手で押して歩く制服姿の少年が近付いてきた。半袖のポロシャツから覗く腕は、程よく陽に焼けている。サッパリ切り揃えた短髪に、『へ』の字に曲がった口がぶっきらぼうそうな印象だ。

見たところ高校一、二年生くらいか。この辺の民家の子だろうが、近くに高校らしき建物はなかったので、そこそこの距離を自転車で通っているらしい。

少年は足を止めて、「なあ、あんたら」と二葉たちに声を掛ける。

「ここらへんの奴じゃないよな？　なにしてんだ？」

わりと口の悪い少年は、探るような疑心にあふれた目をしていた。

彼の瞳と共に、背中に乗っている黒いギターケースが鋭く光る。軽音楽部にでも入っているのか、夏休み期間だろうが部の練習帰りなのかもしれない。

「えっと、私たちは仕事の一環で、この付近の廃校について調査していて……知っているかな？　こっちの人、百物語レイジっていうんだけど」

「っ！　知ってる。どこかで見たことあると思った！　怖い話をする、有名人だよな？」

若者の方がさすが食い付きがいい。

レイジを知っているなら話は早く、二葉は少年にも廃校について質問してみた。

「ああ……あそこはな、マジで〝出る〟よ。俺も詳しくは知らないけど、音楽室がヤバいって。自殺した生徒の霊だとか、置いてあったピアノに憑いてきた霊だとかが、夜の九時くらいになったら騒ぐって聞いたことある」

「そ、それ本当⁉」

ここにきて、初めて怪奇現象に関する証言だ。こういうのは大人より、子供の方が興味を持って詳しいのかなと、二葉は前のめりになる。

「本当だよ。前にも動画投稿者だって奴が、廃校の方に動画撮りに行っていたし。ここ、外から来る奴なんて少ないから、知らない顔が来るとすぐわかんの」

「それって、シャン太さん……えっと、金髪でピアスがジャラジャラの？」

「そう、ソイツ」

少年は首肯したあと、じっと二葉とレイジを見比べ、「あんたらもあの廃校に行くの？」と逆に問いかけてきた。

「うん、近々行ってみるつもりだよ」

「ふーん……動画とか撮るのか？」

「動画は撮らないけど……先生は怪談師だから、ライブとかラジオでは、廃校に行ったときの話をするかもね」

「……それなら、絶対にあの廃校はネタになるよ。有名人なら、いろんな人が話を聞くんだろ？　確実に出るから、ちゃんと行って調べてみてくれ。ちゃんとな」

「わ、わかったよ」

身近なところを紹介されたら、学校で話題になるとでも考えたのか。ぐいぐい来る少年に、二葉の方が戸惑ってしまう。

だが当のレイジの方は、仕事の連絡でも来たようで、先ほどからスマホを開いてそちらに意識を向けている。少年への対応は、二葉に全面的に任せる方針らしい。

（猫かぶりモードがオフだと、先生ったら愛想皆無なんだから……）

二葉は肩を竦《すく》めながらも、「あ、そうだ」と思い出して、少年にも校歌の音源を聞かせてみた。少年の年齢では、廃校になったあとの翡翠小学校しか知らないだろうが、念のためだ。

聞き終えて、少年は眉間に皺をぐぐっと寄せる。

「……初めて聞いた」

「だよね。知らないならいいんだ、ありがとう」

少年は自転車を押して、バス停を過ぎて去ろうとする。しかしそこで、少年の背に声を掛けたのはレイジだ。

「おい、待て――お前はカワセミという鳥の、羽の色はわかるか？」

「……は？　なんだよ急に。白だろ」

少年は振り返って、怪訝な顔をしつつも反射的に答えた。その答えに、二葉は「あれっ？」と不思議に思うも、レイジは「わかった、行っていいぞ」と、引き留めたくせに雑に少年を追い払う。

少年の姿が消えたところで、入れ違いのようにバスがやってくるのが見えた。

「聞き込みは終わりだ、あれに乗って駅まで戻るぞ」

「戻るのはいいですけど……さっきのカワセミがどうとかって質問は……」

「それと、ランプから追加でメールが来ていた。なかなか興味深い情報があったぞ。コマ、お前は明後日の昼までに、今から言うタイトルのドラマを探せ」

「はいっ⁉　ドラマ⁉」

我が道を行くレイジは、次から次に脈絡のないことを口にする。息が合ってきたとはいえ、二葉もこの彼のペースにはまだ完全についていけていない。

レイジは目の前まで来たバスに乗り込みながら、淡々と説明する。

「シャン太の動画に、有力なコメントが書き込まれていてな。昭和の古い学園ドラマに、例の校歌と、よく似た校歌が流れるシーンがあるそうだ」

「劇中歌ってことですかね……？　本当に似ているなら気になりますね」

「真実はどこに転がっているかわからないから、チェックはしておきたい。ランプは独自のネットワークを駆使して、そのドラマのタイトルを探し当てたそうだ。得意分野なだけあって、さすがだな」

ランプへの褒め言葉に、二葉はムッとする。レイジが褒めるのは認めた相手だけだと、理解しているからなおさらだ。

バスの中はガラガラで、後方のふたり掛けの席に、二葉たちは適当に座った。窓際で外を眺めるレイジに、二葉は「鑑賞してチェックするために、私がそのドラマをどこから見つけてくればいいってことですね」と確認する。

「ああ。古い上に、さほどヒットした作品ではないようでな。動画配信サイトなどにはなかった。マニアックな作品も扱っているレンタルショップか、全話ＤＶＤにはなっているようだから店で購入するか……まあ、これもランプに頼んでもいいが……」

「いいえ！　そのドラマは私が見つけてきます！」

「なんだ、やけにやる気だな」

鼻息荒く意気込む二葉に、レイジは面食らって切れ長の目を丸くしている。こういう表情は非常にレアだ。

（ランプさんの方が早く見つけられるかもしれない、けど……！）

これは二葉にとって、負けられない戦いなのである。

さっそくドラマのタイトルをメモする二葉と、首を傾げるレイジを乗せて、バスは山の緑から遠ざかっていった。

＊　＊　＊

「先生！　ゲットしてきましたよ、頼まれていたドラマのＤＶＤ全巻セット！」

炎天下の真っ昼間。二葉はビニールの袋を持って、レイジの事務所に汗を流しながら駆け込んだ。

問題のドラマは都内のレンタルショップにはどこにもなく、秋葉原《あきはばら》の専門店で販売していた中古のＤＶＤセットを、ようやく見つけて購入した。お値段は高くもなかったが、二葉はしっかりと領収書をもらった。

「ご苦労……全部で五巻か。さほど長いシリーズじゃなくて助かったな。とりあえず、一巻から見てみるか」

「はい！」

パソコンをミニテーブルの方に移動させ、レイジと二葉は並んでソファに座る。そしてＤＶＤをセットし、再生ボタンを押した。

昭和後期の作品で、ストーリーは高校生たちと熱血教師が織り成す、よくある学園青春ものだ。問題を抱えた生徒たちに、主人公の教師はひとりずつ真正面から体当たりして、深い絆を築いていき、やがて涙の卒業式を迎える。

王道だが登場人物のキャラや展開は作り込まれており、役者の演技も申し分なく、出来としてはけっして悪くはない部類だろう。ヒットしなかった理由は、単純に宣伝不足あたりか。

しかし、二葉はまだ一巻の後半だというのに、早々に飽きが来てしまった。

（ジェネレーションギャップのせいもあるけど……そもそも私、ドラマや映画とかってあんまり観《み》ないんだよね。画面の前でじっとしていられないっていうか……。いっそ早送りして、校歌が流れるとこまで一気にいけないかな）

チラッと、二葉はレイジの横顔を盗み見する。

彼は存外、寝不足の目を時折指で揉みながらも、ちゃんと観ているようだった。

パソコンのライトがキツイだろうに、このドラマそのものに、怪夢を解く手掛かりがある可能性を考慮してか。またはまったくイメージには合わないが、こういう青春ドラマが嫌いではないのかもしれない。

（こうして近くで見ると、先生の顔は本当に綺麗だなあ。睫毛すごい長い。マッチ棒のりそう……って、ダメダメ！　集中力が切れかけている！）

頬をペチペチと叩いて、なんとか意識を戻す。ぶっ通しはさすがにキツイので、時折コーヒーを飲んで小休止も挟みつつ、やっと四巻目にして、卒業式に関するシーンで例の校歌が流れた。

レイジに横腹を突かれ、つい意識が飛んでいた二葉は急いで音量を上げる。

「本当だ、メロディーが例の校歌とまったく同じですね……！　歌詞は若干違いますけど、そこまで大きく変わってないし……これはいったいどういうことなんでしょう？」

「……俺の方では、ある程度の見当はついてきたがな」

エンドロールで劇中歌の作者名を確かめたところ、作詞・作曲は『真鍋平太《まなべへいた》』という者だった。

レイジは結局、五巻目の最終回まで見終わった上で、「つまらないドラマだったな」としけた感想を述べた。

「あとは夜に廃校に行ってみて……か。だがもうすっかり夕方だな」

作業用デスクの後ろにある窓からは、血潮のように真っ赤な夕陽が差し込んでいる。お昼を食べ忘れた二葉のお腹が、ぐうっと切なく鳴いた。レイジだってコーヒーしか口にしていないし、さすがに空腹のはずだ。

「出掛ける前になにか食べた方がいいですよね。ただ、あの、DVD探しに没頭していて、食材とかなにも買ってきてなくて……」

二葉は一応冷蔵庫の中身を確認するも、中にはろくなものがなかった。

レイジが物探しをする霊の怪夢からハマっている、お高い赤ワインのボトルしか冷やされていない。

「ないならカップラーメンでいいぞ。それならストックは山ほどある」

「却下！　今から急いで買い物に行ってきますから……！」

レイジの食生活を守るのも、もはやアシスタントの大切な仕事の内だ。

二葉はソファの端っこに置いておいたトートバッグを担ぎ、夕方でもまだまだ蒸し暑そうな外へと、身を投じる決意をした。怠いし手間だが仕方ない。

　だけど二葉が事務所から出る前に、ドアがコンコンとノックされる。現れたのは、見慣れたバスケットを携えた万世だ。

「よっ！　こう暑いと、お客もなかなか来なくてな。ちょいと早めに店仕舞いしちまった。差し入れ持ってきたぞ！」

「ば、万世さん……！　最高のタイミングです！」

　白い歯を見せてニカッと笑う万世の背後に、二葉は後光を見た。

「今度はなにを作ってきたんだ、バン」

　レイジもソファから立ち上がり、フラりとバスケットに近付く。中身はふっくら厚みのあるパティに、ぎゅうぎゅうと具材を挟んだハンバーガーだった。食欲をそそる匂いに、二葉はよだれが出そうになる。

「これは店で出そうか悩んでいる新メニューな。あんまり喫茶店でハンバーガーを出すとこもなさそうだが、自分用に作ってみたらおいしかったから、ぜひお客さんにも食べてほしくてさ。よかったら感想よろしく！」

「万世さんのハンバーガーなら間違いないですよ！」

「感想を言ってやるから、レタスとトマトとピクルスは抜いてくれ」

　レイジのいつものワガママに、二葉は「もうパンと肉しかないじゃないですか！」と即座にツッコミを入れる。

「せめてレタスの一枚くらい、野菜を食べてください！」

「……お前、口うるさい母親みたいなところ、バンに似てきたな」

「先生がいい歳して、お子様じみた偏食を発揮するからです！」

「コマは見た目がお子様だろ」

「あー！　またそうやって見た目で子供扱いして！　ピアノバーでマスターに未成年認定されたとき、笑ったことまだ許していませんからね！」

遠慮のない小競り合いをするふたりを、万世が「まあまあ」とおかしそうに笑いながら窘める。

「レイジはちょっとでいいから野菜も摂取しろ。二葉ちゃん、コイツは俺が責任持って食わすから、そっちは先に食べちゃってくれ」

「チッ」

「じゃあありがたくいただきます！」

舌打ちするレイジを置いて、二葉はペーパーに包まれたハンバーガーをひとつ受け取り、ソファに意気揚々と座り直す。

（夜が勝負なんだから、腹ごしらえは大事だよね！）

廃校で何事も起きませんように……は無理だろうが、無事に怪夢を解決できることを願って、二葉はボリューム満点のハンバーガーを頬張った。

廃校への集合時間は、シャン太の訪れたときや少年の発言から考えて、夜の九時になった。真夜中ではない時間帯とはいえ、真っ黒に塗り潰された山は、なんとも言えず不気味だ。

昼間とはまた異なる、どんよりとした大気。

風を切る音はまるで女の悲鳴に聞こえ、そよぐ枝葉は亡者の影と見間違う。

そんな山の中を二葉とレイジは、懐中電灯の細い明かりを頼りに慎重に歩いた。暗闇の濃度はどんどん濃くなり、纏《まと》わりつく羽虫は煩わしい。

その末にたどり着いた廃校は、規模自体はこぢんまりとしていて、校庭には錆《さ》びた鉄棒と、壊れかけの百葉箱だけが立っていた。二階建ての木造校舎は過ぎた長い年月を語り、今にも崩れそうなのに奇妙なまでの迫力がある。

この場所だけ、それこそ古いドラマから出てきたようだ。

「やっっっっと来たか！　オレをこんなとこで延々と待たせやがって！　こっちはもう一時間前に着いてんだぞ！　暇すぎてゲームしてたわ！　ラスボスまで倒したわ！」

「いや、それは早すぎませんかランプさん……」

石造りの門柱の前では、青いスカジャン姿にナップサックを担いだランプが、ヤンキー座りですでに待機していた。

二葉たちは別に遅れたわけでなく、むしろ集合時間より十分早く着いた方だ。文句を言われる筋合いなどない。

（というか、こんな場所にひとりで一時間って……ランプさんもたいがい感覚がおかしいよ）

二葉ならこんな見るからにヤバそうな場所、夜にひとりでは五分もいられない。

「そろったなら、もう入るか。真っ先に音楽室に向かう形でいいな？」

「は、はい！」

「おう！」

中央の昇降口は、両開きの扉が片側だけ外れており、そこから校舎内への侵入を試みる。

懐中電灯ひとつでは心許なかったが、ランプも大きいサイズを持参してくれていて光源が増えた。

明かりの中で、ふわふわと砂埃が躍る。

「足場、ゴミや葉っぱがけっこう落ちていますね……わわっ！」

背の低い下駄箱が並ぶ間を通り抜けようとしたら、二葉はカツンッと、なにか固い物を蹴ってしまった。それをランプが拾い上げる。

彼の掌より少し大きい、白い石のようなものだ。

「丸い目ん玉も嘴《くちばし》もあるし、鳥の頭みたいじゃね？」

「それっぽいですね。置物とかの一部かな……」

「あっ！　あれだろ、あれ！」

ランプが光を当てた先には、窓の下に台座が設置され、その上に翼を広げた首のない鳥の彫像があった。全身が白一色で作られていて、おそらく樹脂製だろう。

ランプが近付いて頭部とくっつけてみると、ピタリと合う。

「色がないし、形だけだとなんの鳥かわかんねぇな」

「こういうの、ハトとかワシが多いイメージですけど……」

彫像の前でうーんと悩むランプと二葉に対し、横目で一瞥しただけのレイジが「カワセミだな」と零《こぼ》した。

（カワセミ？　あのときギター少年に質問していた？）

二葉が言及する間もなく、レイジは足早に廊下を進む。慌てて二葉と、ランプも「歩くの速いわ！」と文句を飛ばしながらあとを追った。

底が抜けそうな階段を注意深く上り、荒れた理科室や家庭科室の前を通過して、問題の音楽室の扉を発見する。

木製の引き戸は半分ほど開いていて、室内の様子が覗けた。五線譜の描かれた黒板は傾き、モーツァルトの肖像画ポスターは壁から剝がれかけ、隅に机や椅子が乱雑に積み上がっている。

レイジは戸惑うことなく入っていき、ランプもそれに続いた。

だが二葉だけは足を止める。

(背筋がぞわぞわするし……ここからは確かに、霊の気配がする。シャン太さんは閉じ込められたんだし、誰かは教室の外にいた方がいいんじゃ……)

霊感の強い二葉だからこそ、ここで警戒心を発揮する。だから教室の敷居を跨がず、中にいるふたりに呼び掛けようとしたのだが……。

「きゃっ……！」

ドンッと、暗がりから強く背を押された。

呆気なく敷居を越えてしまい、たたらを踏んで振り返ったところで、ピシャン！　とドアを閉められる。取っ手を引くも、当然のように開かない。

（こ、これも霊の仕業……⁉）

そして間髪容れずに、どこからか例の校歌が流れだした。

光あふれる　山々の
想いが集う　朝の窓辺
花薫る　風の中に
あなたの横顔　美しく
共にいこうよ　翡翠の学び舎

舌足らずに歌う、子供の声。

何度も音源で聞いたはずなのに、シチュエーションが変わるだけで、それはひどく薄気味悪く響き渡る。

「う、うわあああ！　ガチじゃねぇか！　これガチじゃねぇか！」

真っ先に悲鳴を上げたのはランプで、レイジの右腕にありったけの力でしがみつく。

校舎の前でただ待つのは平気でも、実際に怪奇現象に襲われるとなると、彼も冷静ではいられないらしい。

ランプの落とした懐中電灯が、黒板を正面から照らす。

そこで霊の気配が一気に強まり、黒板の五線譜の上にはベタッ……ベタッ……と、血濡れのような赤い手形が、まるで音符代わりに無数に浮き出てきた。

机や椅子もひとりでにガタガタと振動し始め、いよいよ二葉も限界を迎える。「きゃあああ！」と叫び、空いているレイジの左腕に、ランプと同じく抱き着いた。

「せ、せせせせ先生⁉　ど、どうしましょう、どうしましょう⁉　閉じ込められて、こんな……！」

「も、もう無理だ、校歌なんてもう聞きたくねぇ……！」

「なんとか言ってくださいよ、先生⁉」

「なんとか言えや、レイジ⁉」

「……どちらも痛いしうるさいぞ。いいから離れろ」

無情にもレイジはふたりを振りほどこうとするも、ランプと二葉とて必死だ。ランプに至ってはブツブツとお経まで唱えている。

磁石のように離れない彼等に対し、レイジは動揺の欠片も見せない。

「……ここでおさらいだが、俺に一般的な霊感はない。それは俺の霊に対するアンテナが、すべて〝怪夢を見る体質〟の方に向いているからだ。まあ、写真や動画、鏡といった〝映る〟媒介を通せば、認識できることもあるけどな。そういう媒介は、霊の輪郭を捉えやすくさせる。霊感の弱い者でも心霊写真は見えるからな」

「それがどうしたんですか⁉」

「今関係あんのかよ⁉」

「大いにあるから聞け。……だが媒介がなければ、やはり俺に霊のあれこれは認知できない。だから本来、この校歌が霊の仕業によるものなら、俺には聞こえないはずなんだ。わかるか？　だけど校歌『だけ』は、俺にもしっかり聞こえている。つまり、だ」

ようやく二葉たちを引き離したレイジは、サッとあたりを見回す。

それから「このあたりか」と言って、ひとつだけ閉まっていた窓ガラスのカーテンを勢いよく引いた。

ボロボロの黒いカーテンの下から現れたものに、二葉は「あっ！」と目を見開く。

「ス、スピーカー……⁉」

窓の額縁のところにあったのは、小型のスピーカーだった。まさかのそこから、校歌が大音量で流れていることがわかる。

(どういうこと⁉　あのスピーカーは明らかに、誰かが意図的に置いたもので……でも、霊の気配は確かにするのに！)

そこでスウッと手形は消え、同時に机や椅子の振動も収まった。

レイジはドアの方に懐中電灯を向けて、スピーカーに負けないようその美声を張り上げる。

「ちゃちな仕掛けはバレたんだから、そろそろ出てきたらどうだ？　ギター少年」

ガラガラと扉が開き、そこに立っていたのは、二葉たちにいつぞや声を掛けてきたあの高校生だった。今は制服ではなく、暗闇に紛れて行動しやすいようにか、黒い薄手の長袖Tシャツに黒のパンツで、全身を真っ黒で固めている。

気まずそうな彼の手にはリモコンが握られており、それを操作すると、スピーカーの校歌も止まった。

「なんで君が……あっ！　もしかして、さっき私を後ろから押したのも⁉」

「おい、誰なんだよ、このガキ？」

初対面のランプはことさら疑問だらけだろうが、疑問を持っているのは少年も同じようだ。「どうして俺だってわかったんだよ……？」と、レイジにおずおずと尋ねている。

「最初に会ったときからすでに怪しかったからな。やけに俺たちを、この廃校に行かせたがっていただろう。だから試しにちょっとしたカマかけをした」

「カマかけ……？　そんなの、俺はいつの間にされて……」

「カワセミの羽の色を尋ねたとき、お前は『白』と答えたが……コマ、お前は何色かわかるか？」

「へっ？」

突然振られて二葉はうろたえるも、過去に家族で野鳥観察をしたときの記憶をなぞりつつ、「……青ですよね、たまに緑にも見えますけど」と返した。

二葉だって、少年が『白』と答えたときは不思議だったのだ。

「カワセミの羽は『構造色』といって、これは光の反射によって見える色のことだ。光の具合や角度で変化する。だが青や緑には見えても、『白』にはなかなか見えない。ギター少年は、本物のカワセミを目にしたことがないみたいだな」

レイジの解説を聞いても、少年は納得がいかないという顔で食って掛かる。

「そ、そりゃ、俺はカワセミなんて見たことないけど……！　じいちゃんの校歌の歌詞では、羽は白だって……！」

(じいちゃんの校歌？)

なにやら重要な情報が転がり出た気もするが、レイジはあくまでマイペースに「じゃあ、ランプ。カワセミは漢字でどう書く？」とまた次の問題を出している。

ここが学校なだけあって、さながらレイジは生徒を相手取る教師のようだ。

「そんなの、『川』の『蟬』でカワセミだろ」

「そっちの漢字もあるな。だが他にも、カワセミはその美しい羽の色から『飛ぶ宝石』とも称され、『翡翠』という字で『翡翠《かわせみ》』とも呼ぶ……そう、この小学校の名前だ。そのためここでは、カワセミをシンボルのように扱っていたようだな。現に樹脂製のオブジェがあったし、たった今流れた校歌にも取り入れられていた」

「校歌にカワセミなんて出ていましたっけ……？」

二葉は思い起こすが、該当箇所は見当たらない。しかしレイジは、「もっと続きを聞けば出てくる」と言う。

「シャン太の動画では一番までしか流れないがな、校歌は二番まで存在するんだ。俺はそこまで怪夢で聞いている。そして二番には、『白く輝く　カワセミの羽』という歌詞がある。これはおそらく、あのオブジェのことを歌っているんだろう。実際の羽の色ではなく、この校舎で見られる光景を歌詞にしたんだ」

そこまで聞いて、少年は「マジかよ……じいちゃんに騙された……」と呆然と呟いた。

レイジは一歩、二歩と少年に歩み寄る。

「お前が正しい羽の色を知っていれば、カマかけは成功しなかったがな。お前はそんなことは知らず、歌詞を二番まで聞いていたせいで、カワセミの羽は白だと思い込んでいた。……まあ、それも仕方ない。歌は言葉を人の脳に刷り込ませるからな。そしてあの校歌を二番まで聞いたことのあるお前は、この廃校の怪に間違いなく関わっている」

「……そうだよ。全部俺が計画したことだ。じいちゃんの未練を晴らすためにな」

＊＊＊

それは少年こと、小夏翔琉《こなつかける》が、病気で昨年亡くなった祖父の日記を、彼の書斎で見つけたことから始まる。

翔琉の祖父・小夏風太郎《ふうたろう》は、若い頃はミュージシャンとして活動していた。世間に名を轟《とどろ》かせるような華々しい実績はなく、地元で細々とイベントをこなしたり路上ライブを行ったりするくらいだったが、地元民にはそれなりに愛されていたようだ。

そんな風太郎にある日、地元にゆかりのあるアーティストということで、新しく建つ小学校の校歌を作ってほしいのとの依頼が舞い込んだ。翡翠小学校からだ。

風太郎は大変光栄なことだと喜び、気合いを入れて作詞・作曲に取り組んだ。多くの子供たち……その中にいつか自分の子や孫までが、この校歌を歌ってくれる日が来たら、これ以上幸せなことはない、と。

……しかし残念ながら、その日は来なかった。

風太郎の音楽仲間である真鍋平太という男は、風太郎と時を同じくして、校歌作りに乗り出していた。ただ彼の場合は、ドラマの劇中歌に使う校歌だ。

平太は風太郎よりも精力的に活動している、主に映画やドラマの曲を手掛ける作曲家だった。だがスランプで、期限も迫っているのに校歌が作れず困っていたそうだ。

参考にしたいと頼まれ、風太郎は完成してあとは開校日を待つだけだった校歌の楽譜を、平太に渡した。平太はあろうことかそれを、自分の作品として一部の歌詞だけ変え、ドラマで使ったのだ。

それを知ったとき、風太郎は愕然とした。

結果的にドラマの方が先に世に出てしまったため、このままでは風太郎の方が後出しで、校歌を盗んだことになる。平太を問い詰めても、『私が盗作したと言いたいのか？言い掛かりもほどほどにしろ！』と突き放された。

あえなく、風太郎の校歌はお蔵入り。

新しい曲を作る気概も湧かず、翡翠小学校の校歌担当は別の音楽家が引き受け、後世に残ったのはそちらとなった。

＊　＊　＊

「……じいちゃんにガキの頃、これを一度でいいから歌ってほしいって、さっきの校歌を歌わされたんだ。スピーカーで流したのは、そのときに録音していた、ガキの俺の声だよ。そのときはなにもわからなかったけど……じいちゃん、俺の歌を聞きながら、ずっとずっと泣いていたんだ」

翔琉はぎゅっと、下唇を噛み締める。

彼は祖父が大好きだったのだろう。翔琉自身が音楽を始めたのだって、祖父の影響であることは、二葉にもなんとなく察せられた。

（あっ……！）

そこで二葉の視界がある一点を捉え、ゴクリと息を呑む。そんな二葉の様子になど気付かず、翔琉の告白は続く。

「じいちゃんが死んでから、日記を見つけて全部知った。平太って奴をぶん殴ってやりたかったけど、じいちゃんより先に事故で死んでいたみたいでさ。怨みたいのに、怨む相手もいなくなっていたなんて、そんなのあんまりだろ……！　だから俺はじいちゃんのために、なにかしてやりたかった！」

「……それで少しでも、闇に葬られた祖父の校歌を世間に広めようと、あれこれ画策したわけか。シャン太に匿名で、この廃校の調査依頼を送ったのもお前だな？」

レイジの問いに、翔琉はコクリと頷く。学校の友人にたまたま、シャン太の動画をいくつか見せられた翔琉は、人気の動画投稿者である彼を利用できないか考えた。

怪奇現象の起こる廃墟を探索しているというなら、この廃校を使えばいい。そして校歌を絡めた、それらしい怪談話を用意する。おまけにシャン太は出身が埼玉だというので、地元なら来てくれる可能性は上がるだろう……と、踏んだそうだ。

そしてうまくシャン太は釣れてくれて、作戦を実行したのだ。

「ったく、子供の浅知恵だな！　シャン太だけでなく、次はオレらまで巻き込みやがってよお」

「う、うっせぇぞ、青髪スカジャン女！」

「誰が青髪スカジャン女だ！　オレは男だっつうの！」

その子供相手に大人げなく、ランプはギャーギャーと噛みついていたが、やがて「あ、クソ！」と悪態をついて派手な髪をかき上げた。

「同情するわけじゃねぇが、じいさんの報われねえ話はわかった。だからこの超絶人気怪談師の、蒼乃ランプ様が手を貸してやるよ！」

「はあ？　お前になにができるんだよ」

「敬語使え、クソガキ！　お前のじいさんの話は、俺が怪談話として語ってやる。ライブでじいさんの校歌も流してやるって言ってんだ」

その提案に、少々驚いたのは二葉だ。

ランプは単に怪談話のネタとして扱うために、そんな提案をしたわけではないだろう。彼は翔琉とその祖父の想いを汲《く》んで、今度はシャン太ではなく、自分の知名度を利用していいと申し出ている。

(ランプさんって、やっぱり人情味あるじゃん)

ただのレイジヲタクではないのだ、たぶん。

「でも……本当に有名人なのか？　百物語レイジは聞いたことあるけど、蒼乃ランプなんて初耳なんだけど」

「……だ、そうだぞ、ランプ？」

レイジが嘲笑《ちょうしょう》を含んだ声を、ランプに向ける。

レイジには懐中電灯の光が当たっておらず、二葉の位置から表情はまるで見えないが、おそらく大変意地の悪い顔をしているに違いない。

「メ、メディア露出の多いレイジと比べんな！　俺だって界隈では有名人だわ！　それに俺が語るだけじゃねえ、お前がシャン太を利用したことをちゃんと謝罪するなら、今度は正式に、シャン太の動画でも紹介できないか打診してやる！」

「い、いいのか⁉」

「じいさんのためとはいえ、騒がせたことを『ごめんなさい』できるならな」

やっと素直になった翔琉は、深々と頭を下げて謝罪し、次いで「本当にありがとうございます！」と礼も述べた。

「これでじいちゃんの未練も、ちょっとは晴れるかな……」

「……晴れるんじゃねぇの？　孫がここまでしてくれたんだから。だけどよ、スピーカーの仕掛けはわかったけど、あの手形やポルターガイスト現象はどうやってやったんだ？　あれもあれで、マジでビビったぞ」

「手形やポルターガイスト？」

きょとんと、翔琉はまだあどけなさの残る瞳を瞬かせる。

「俺が用意したのはスピーカーだけで、そんな仕掛けは作ってないよ……。シャン太さんがアップした動画も見たけど、赤い手形とか映っていたあれって、シャン太さんが動画を盛り上げるためにあとから編集したとかじゃないの？　俺あんまり動画とかに詳しくないから、そういうものなのかなって思っていたけど……」

「そんなヤラセ、シャン太はしねぇよ！　じゃあなにか、まさかあれは……」

ランプの顔色が、自身のバイカラーの髪色より青くなっていく。

――〝実は〟の話をすると、翔琉の後ろに立っている白い人影を、この場で二葉だけが認識していた。

入院着を纏った、枯れ木のように手足の細い老人の姿。

場を混乱させないよう、二葉は彼が現れたときも耐えて黙っていたが、レイジあたりは見えず感じずとも、二葉の反応でわかっていそうだ。

（よく考えたらあの手形は、大きさも指の細さもこのご老人のよね……）

孫のたくらみに、ひっそりと荷担していたのだろう。

人騒がせなのは孫だけでなく祖父もだ。

（……でも、よかった）

風太郎は行き場のない怒りや悲しみ、ぶつける相手もいなくなった怨みを抱き、想いを残したこの廃校に霊となって留まっていたのだろうが、今は穏やかに翔琉を見ている。

翔琉には祖父の姿が見えないことを、二葉が残念に感じるほどの慈しみあふれる目だ。

やがて風太郎の姿は、教室に溶けるように消えていった。

「さて、片付いたならもう出るか。少年を家の近くまで送って、それからタクシーを呼ぶぞ。終バスは過ぎたし、高くつくが仕方ない」

「あっ！　だったら駅まで車出してもらえるように、俺が帰って従兄弟《いとこ》の兄ちゃんに交渉するよ！」

翔琉は勢いよく手を挙げて、そんな案を出してくれる。その従兄弟のお兄さんとやらは、大学生で都内在住らしいが、今は夏休みで遊びに来ているそうだ。

「兄ちゃんには計画のことも話して、相談にも乗ってもらっていたんだ。今日だって母ちゃんに内緒で家を抜け出すの、手伝ってもらってさ。廃校はただでさえ危ないから、行くのはこれっきりにしろとは言われていたけど……」

「そうだな。子供だけで廃墟に行くなんて、褒められたことじゃない。なにかあってからでは遅いんだぞ」

存外、そう窘めるレイジの声音は真剣だった。

やけに言葉ひとつひとつに凄みがあって、生意気な翔琉も「う、うん」と縮こまっている。

二葉としては、レイジがわざわざ『廃校』を『廃墟』と言い換えたことも、わずかに引っ掛かかった。

（先生も廃墟でなにかあったのかな……でも確かに、子供だけでこんなとこ、危ない

よね）

しかも真っ暗な夜に、だ。

大人のシャン太だって、本来なら危険行為に当たる。

怪我や事故のおそれはもちろん、こういう荒廃した場所は空気が淀みやすく、霊の思念が寄ってきやすい。ここには風太郎の霊がいたので、翔琉のことは守ってくれそうだが……他ではどんな悪い霊がいるかもわからない。

翔琉が深く反省したところで、一同はようやく音楽室をあとにする。

「なあなあ、ところでレイジ！　今回は俺と、そのアシスタント（仮）だったら、俺の方が役に立ったよな？」

「はあっ？」

校舎を出てすぐ、ランプがレイジに迫りながらも、二葉に露骨な喧嘩を売ってきた。

聞き捨てならず、二葉も全力で応戦する。

「(仮)ってなんですか、(仮)って！　私は先生と契約した正式なアシスタントです！」

「そんなの肩書きだけじゃねぇか。情報収集においてはオレに敵わねえだろ！」

「アシスタントの仕事は情報収集だけじゃありませんから！　私には先生お墨付きの霊感もありますし、先生の身の回りの世話もしています！」

「レ、レイジの身の回りの世話⁉　くうっ、うらやまし……じゃねぇ！　俺だってそのくらいできる！　料理以外なら！」

「料理できないんじゃないですか！」

「サラダなら作れる！」

「残念でした！　先生は野菜をそのまま食べられません！」

くだらない口論が、校庭の真ん中で繰り広げられる。

火花を散らす二葉とランプを、翔琉が「大人ってバカなのか？」と冷めた目で見ると、レイジは「アイツらがバカなんだ」と身も蓋もないことを言っていた。

そんな彼等の間には、生ぬるい夜風がゆるく吹き抜け、眠りにつく校舎の窓を微かに揺らしていた。

四夜 天狗の神隠し

赤いぼんぼりが揺れている。

賑やかなお囃子の音が鳴っている。

誰かが助けを求めて手を伸ばしている。

『二葉！　二葉、助けて……！』

——恐ろしい形相をした天狗が、爛々と光る金色の目で、私を見ている。


「う、あ……！　また、この夢……っ」

自室のパイプベッドの上で、二葉はタオルケットをはね飛ばして目を覚ました。ベッド横の窓に視線を遣るも、カーテンの隙間から覗く外は黒一色だ。

枕元にあるスマホの電源を入れると、まばゆいライトに目を潰されかける。慣れた頃に、デジタルの数字が読み取れた。

丑三《うしみ》つ時とも呼ばれる、深夜二時。

まだ朝には遠い真夜中だった。

寝る前にスマホで育成ゲームをしていて、普段より夜更かしをしてから床に就いたため、まだ一時間しか寝ていない。しかしすぐ寝直すには、先ほどの夢見が悪すぎた。

「この夢を見るってことは、もう八月も後半かあ……」

レイジのように怪夢を見る特異体質などないが、二葉は毎年夏が終わる時季になると、同じ内容の夢を必ず一度は見てしまう。

楽しく明るい夢などではけっしてない。

過去に起きた取り返しのつかない悲劇だ。

『忘れるな』とでも言うように記憶をしつこく再生されるが、言われずとも何年経とうと、忘れられるはずがなかった。

「着替えて、水でも飲もうかな……」

タイマーをかけた冷房はまだ稼働しているものの、二葉のタンクトップは汗でびっしょりだ。無理やり寝直すにしても、このままでは気持ち悪い。ベッドから下りて、はだしでペタペタと脱衣所へ向かう。

しかし、新しいタンクトップを身につけ、冷たいペットボトルの水を喉に流し込んでも、気分は下を向いたままだ。

（そう思うと、先生の精神力って本当にすごいな……）

冷蔵庫の前でキャップを締めながら、浮かぶのは美しすぎる怪談師様のことだ。

本人はもう慣れたと言わんばかりの態度で、淡々と怪夢を解決しているが、あの綺麗な目元を縁取る隈が、彼とてつらいことを物語っている。

（今みたいに怪夢を解決していくだけじゃなくて、先生の体質自体を治す方法ってないのかな……？）

レイジだってそんな方法など、あらかた試しているだろうが、諦めずに探して治してやりたかった。

（でもそのためには、先生があの体質になった原因から聞かないと……教えてくれるかなあ。前にも聞けるタイミングあったけど、あえて逃したし）

レイジのことを考えながらベッドに逆戻りすると、気分はいつの間にか多少はマシになっていた。眠気もほどなくして訪れ、うつらうつらと意識が舟を漕ぐ。

（今度は……もう……あの夢を見ませんように……）

そして二葉は、再び眠りに落ちていった。

＊　＊　＊

「先生、入りますよー」

ガチャリと鍵を開けて、二葉は事務所に足を踏み入れた。最近は二葉が掃除を頑張っているため、室内は初回訪問時よりはかなり片付いている。

汚部屋にしていた犯人の姿は見えない。

彼は今、奥の部屋のベッドで貴重な安眠を貪っているはずだ。

レイジは怪夢を見ている期間はソファで、見ていない安眠期間はベッドで寝ていることが多く、彼なりに使い分けているようだ。

ソファのときは事務所スペースにいて眠りも浅いので、鍵は開けっ放しが常だが、さすがにベッドのときはちゃんと戸締まりをしている。だからアシスタントの二葉には、ここの合鍵が一本渡されていた。

レイジの自宅兼事務所の鍵なんて、ランプなら喉から手が出るほど欲しい代物だろう。

(先生が起きてくるまでに、炒飯作っちゃおうかな)

炒飯はレイジからのリクエストである。

朝に二葉のもとに届いていたメールには、次のような文面が記載されていた。

『昼に来る予定だったな？　奥で寝ているから、鍵を使って勝手に入れ。昼飯は炒飯な。食材を買ってきて作ってから起こせ。余計な野菜は入れるなよ』

もちろん二葉は、最後の一文は無視してスーパーで野菜も買ってきた。

簡易キッチンに向かい、食材の入ったエコバッグをシンク横の台に置いて、持参したモスグリーンのエプロンをつける。フロントできゅっと蝶々結びをすれば、料理の準備は万端だ。

作るのは、冷凍の剝き海老と新鮮なレタスを使った『海老レタス炒飯』。オマケで『玉ねぎとコーンの中華スープ』だ。

まずはレタスを水でよく洗って、心なしか自分用に作るより細かく、手でビリビリとちぎっていく。スープ用の玉ねぎもなるべく薄く、細長く切った。

（お子様な先生のために、野菜は目立ちすぎないようにしなきゃね）

剝き海老を先にフライパンで熱し、前回来たときに炊いてタッパーに入れておいた冷やご飯に溶き卵を絡め、ゴマ油でチャッチャッと炒めていく。レタスも加えたところで、味付けは鶏ガラスープの素と塩コショウ、ほんのり醬油でシンプルに。

（うん、おいしそう）

鼻腔を擽《くすぐ》るいい香りに、二葉は記憶が刺激される。

この炒飯は母親直伝で、小学生の頃に姉とふたりで作ったことがある。

フライパンを軽快に扱う母を見て、二葉がやってみたいと持ち前の好奇心を発揮し、姉を巻き込んでチャレンジしたのだ。そばで母が見守っていたにもかかわらず、結果は失敗に終わり、どうしてだかベチャベチャの炒飯になってしまった。

（懐かしいなあ、家族みんなで頑張って完食したんだっけ。実家にも長らく帰ってない

や。あそこは……いるだけでつらいから）

両親とはたまにビデオ通話はしているが、実家は幼い頃の姉との思い出が多すぎる。

「……っと、スープの火も止めなきゃ！」

炒飯がいい感じに仕上がり、同時進行で作っていたスープも完成した。

すると漂う匂いに誘われてか、わざわざ二葉が起こしに行かずとも、レイジがクマのようにノソノソと穴蔵から出てくる。

「もう昼ですけどおはようございます！　先生もそろそろお腹空きました？」

「それもあるが……新しい怪夢を見てな。今回は俺の経験上、なかなかに厄介な雰囲気だった」

「ど、どんな内容なんですか？」

詳しいことは食事をとりながら話すということで、こんもり持った炒飯と、器に注いだスープを持って、レイジと二葉はソファに腰掛けた。

レイジが器用にレタスを避ける横で、二葉は「そのくらい食べてください！」と叱る。

「まったく。で、どんな怪夢なんですか」

「……場所は神社だ。木々が茂る、境内の裏あたりか。小学生くらいの少女の霊が出てくる」

「え……」

れんげで炒飯を掬《すく》ったまま、二葉は動きを止める。

「少女はセミロングヘアーで、水玉模様の半袖のワンピースを着ているな。服も顔も手足も、土でずいぶんと汚れている。あと横髪を、リーフ形のヘアピンで留めていた」

「ワンピース……ヘアピン……」

事件が起こったその夜――二葉は、本当は浴衣を着て祭りに出掛けたかったが、こっそり家を出るのにそんなものは着られなかった。だからせめてお気に入りの、姉妹でお揃いの水玉模様のワンピースを選び、姉にも合わせてもらった。

リーフ形のヘアピンは、姉が算数のテストで百点を取った際、母にご褒美《ほうび》で買ってもらったのを覚えている。二葉は自分にも買ってくれと駄々を捏《こ》ねたが、赤点のテストを引き合いに出されて母に怒られた。

「手には壊れた黒猫のお面を持っていた。漫画やアニメのキャラっぽいな。詳細はあとでランプに調べさせるとして、薄暗かったが遠くに灯りが見えて、太鼓や笛の音も聞こえた。状況から察するに……」

「……夏祭り」

「ああ、そうだな。きっと祭りの最中だ。それと少女は、『てんぐさまがよんでいる』

とも口にしていた」

　天狗。

　夢でも魘《うな》されたその化け物の出で立ちは、二葉の目にも焼き付いている。

　いよいよれんげを握る掌《てのひら》に汗が滲み、体の温度が急激に下がってきた。それでもまだ二葉は、往生際悪く否定している。

（違う、この話は違う。たまたま格好とか、シチュエーションが被っただけ。おねえちゃんはどこかで生きてるもん。死んで霊になんて……違う違う違う違う）

　だけど現実から目を背けるには、すぐに限界が来る。

「情報としてありがたかったのは、少女が指差す方向に、立札があったことだな。神社の歴史が綴られていて、『天守神社《あまもり》』という名前もわかった。これで場所もわかる……おい、どうかしたか」

　そこでレイジが二葉の異変に気づいて、スープボウルに伸ばした手を引っ込めた。俺様なレイジが「顔色が悪いぞ。具合が悪いなら言え」と案じるほど、今の二葉はひどい顔をしているらしい。

（ああ、おねえちゃんは、とっくにもう……）

　強制的に残酷な現実を突き付けられ、二葉の指先から力が抜けた。カランと、れんげがテーブルに落ちて、散らばった米で汚れてしまう。

拭かないと……と、ぼんやり考えながら、二葉は緩慢な動作でレイジの方を向いた。

「その怪夢はたぶん、私に憑いていた思念がもとです……」

「……コマの？」

レイジの切れ長の瞳が、微かに大きく開かれる。

彼は以前、関わった人間に霊の思念が憑いていた場合、それを取り込むことがあると話していた。もしかしたら、二葉にだって思念が憑いているかもしれない、と。

可能性は、もとよりあったのだ。

「その少女の名前は、駒井一葉《かずは》……十三年前、神社で行方不明になった、私の姉です」

＊　＊　＊

十三年前の夏祭りの夜。

一葉が目の前から消えてすぐ、二葉は神社を飛び出して大人に助けを求めた。家族や知人、祭りの運営陣も加わって捜索に当たるも、一葉は見つからず、翌日から警察の捜査も始まった。しかしながら、それでも手掛かりすらなにもないまま時は経ち、この件は日本に数ある『未解決の失踪事件』のひとつとして扱われることとなった。

また事件は一部で、二葉が証言した内容と、土地にある伝承も合わさって『天狗の神隠し』とも称され、怪談話として広められている。

「はあ……」

自室のベッドで仰向けになりながら、二葉はクリーム色の天井に向かって息を吐いた。

それは渦巻く鬱々《うつうつ》とした感情を、少しでも体外に逃がすための行為だった。

レイジに過去のことをつらつらと語り終えたあと、二葉は一刻も早くひとりになりたくて「すみません、今日はもう帰らせてください……！」と告げて事務所を出た。

レイジが「おい！」と引き留めてきたが、振り返る余裕もなかった。仕事の途中で離脱した上、こぼした炒飯もそのままにしてきたので、後日きちんと謝罪はしなくてはいけないだろう。

(先生、ちゃんとテーブルを綺麗にして、私の分も食べてくれたかな……余ったら冷蔵庫に入れておいてくれると助かるな)

わざとどうでもいいことを考えるのは、ただの現実逃避だと二葉とて理解している。

ゴロリと寝返りを打つと、室内の光景が視界に入った。間取りは1Kで、あまり物欲のない二葉の部屋は、スッキリと整っている。ただ、今は真ん中にトートバッグが転がり、中身が半分ほどぶちまけられていた。

帰宅して早々、二葉がバッグを投げ捨ててベッドにダイブしたのだ。かれこれ三時間近く、なにをするでもなくシーツに沈んでいる。

……姉の死に対して、まったく覚悟がなかったわけではない。

いくら『死んでいない』と己に言い聞かせても、行方不明になって音沙汰もなく十三年。生存の希望は薄く、レイジの羽織で揺れるか細いロウソクの火のようなものだ。

それでも霊になっていたなんて、二葉には受け入れがたい事実だった。

(おねえちゃんは、どうして死んだんだろう……本当に天狗に魂とかを取られちゃったの……？　私を怨んで、霊になったのかな)

あの祭りに、嫌がる一葉を無理やり連れ出したのは二葉だ。

二葉が連れていかなければ、一葉は天狗なんかに攫われず、死んで霊になることもなかった。

「おねえちゃん、ごめんなさい……私を怨んでいる……？」

空虚な問いかけは、丸い照明の下にシンと吸い込まれた。思念が憑いているというだけで、姉の霊はここにはいないらしい。

返事の代わりに聞こえたのは、場違いなほど軽快な着信音だ。

気怠げに上半身を起こして、七分袖のカーディガンのポケットからスマホを出す。

「先生……」

画面を見て、通話ボタンを押そうかどうかためらう。

謝罪は必要だとしても、もう少し落ち着いてからさせてほしかった。今は誰かと話す気にすらなれない。

だけど呼び出しはしつこく、二葉は根負けした。

「………はい」

『遅いぞ、俺の電話は三コール以内に取れ。事務所からもいきなり出ていくな、驚いただろう』

「そこは本当に申し訳ありません。でも、あの、明日またちゃんと謝りますので、今はもう……」

『天守神社は金沢にある。お前の地元だ。三日後に向かう予定で、長期滞在になることも見越して仕事もすでに調整した。もとより忙しさは落ち着いてきたしな。俺のアシスタントとして、お前も来るか？』

ぐっと、二葉は息を詰めた。

レイジの言葉は、言い換えるなら『姉の霊と会え』ということだ。一葉の捜索が打ち切られてから、二葉は天守神社に寄り付いてすらいないというのに。

一葉が二葉を深く怨んでいたとして、優しかった姉に憎悪をぶつけられて受け止められるほど、二葉の心は強くない。想像だけで怖じ気付いてしまう。

(私は……ずっとおねえちゃんに会いたかった。会ってまた、おねえちゃんと笑って話がしたかった。あの祭りの夜、ただぼんぼりを見て、りんご飴や綿菓子を買って、何事も起きずに家に帰れていたら……私はおねえちゃんともう一度、家族の待つ家に帰りたかった)

だけど……もう、二葉の姉はいないのだ。

「わ、私は行きません。先生だけでお願いします……」

『逃げるのか？』

「っ！」

『行方不明だった姉に、霊となっても会えるかもしれないんだぞ？　どうせくだらないことで躊躇《ちゅうちょ》しているんだろうがな。そんなもの、会わなければわからない。霊と向き合おうと思えば、人間は向き合えると言っただろう。お前のそれは、ただの逃げだ』

「せ……先生に、なにがわかるんですかっ」

レイジの口が悪いなんていつものことだ。まともに取り合うより、少し流すくらいがちょうどいいことも理解している。だけど弱った二葉の心に、レイジの容赦のない言葉はあまりにも痛かった。

十三年前から癒《い》えない傷が、抉《えぐ》れてジクジクと痛む。

二葉はその痛みに耐え切れなくて、思わず声を荒らげる。

「先生には家族を亡くした私の気持ちなんて、別にどうでもいいですもんね！　怪夢を解決できればそれでいいんですから！　金沢でもどこでも、先生ひとりで行ってください！　私のことは放っておいて……！」

『……そうか』

レイジは特に言い返すこともなく、プツッと通話を切った。

部屋には重い静寂が落ちる。

やってしまった……と二葉は急速に後悔するも、時間は戻せない。戻せるなら、あの夏祭りの夜にとっくに戻している。

「ああっ！　もうっ！」

スマホをシーツの上に投げて、勢いよく枕に顔から倒れ込んだ。鼻も口も枕で圧迫されて、呼吸が苦しい。いっそこのまま呼吸が止まっても、なんかもういいかとかバカなことを考えてしまう。

悲しくて、つらくて、泣きたかった。

だけど泣けなくて、もうなにも考えたくなかった。

＊　＊　＊

どんなに抵抗しても、夜が来れば次に朝が来る。

時間は戻らず、刻一刻と進んでいく。

オマケにこちらが背負う暗雲などお構いなしで、空は忌々《いまいま》しいほど青く晴れ渡っており、この世はままならないと二葉は痛感した。

「来ちゃったけど……どうしよう」

ほとんど眠れなかった眼を擦《こす》り、二葉は悩んだ末に、レイジの事務所のビルの前に立っていた。ただとても気まずくて、そこから階段すら上れずに二の足を踏んでいる。

(昨日の今日でどの面下げて、って感じだよね)

だけどレイジの口も確かに悪かったが、怪夢に苛《さいな》まれ続けているレイジに対して、二葉の物言いもひどかった。それは自覚しているから、仕事を早退したことも含めて、面と向かって謝りたくて来たのだ。

だがそれとこれとは話は別で、あくまで今も、姉の霊に会いに行きたくはない。

多少は行く方に揺れているところもあるが、たとえ逃げだと罵《ののし》られようと、怖いものは怖かった。

(先生は今度こそなんて言うだろう……愛想尽かされて、アシスタントを解雇されちゃったりして)

それは嫌だなと、ハッキリと思う。

だけど下手をすれば、本気で首を切られそうだ。

(ダ、ダメだ……心がすでに折れてきた。や、やっぱり出直そうかなっ)

二葉はそろそろと、ビルに背を向けようとする。そこで「おっ、やっぱり二葉ちゃんだった！」と、底抜けに明るい声を掛けられた。

ビクリッと肩が大袈裟に跳ねる。

「ば、万世さん……」

本日も黒いベストとギャルソンエプロンできめた万世は、窓越しに二葉の姿を見つけて、オープン前の喫茶店からわざわざ出てきてくれたようだ。

「今日もレイジのとこで仕事か？　大変だねぇ、二葉ちゃんも」

「あ、えっと、今日は、その……」

「……もしかして、レイジとなんかあったか？」

目ざとい万世は、不自然な二葉の態度でなにかを察したらしい。

二葉は返答に窮するも、おおらかで話しやすい万世になら、諸々のことをひっくるめて赤裸々に相談できる気がした。

昨日は誰とも話したくなかったが、一晩おいて少し落ち着いたら打って変わり、今は誰かに話を聞いてもらいたい。

「そ、それが、実は……」

「おっと、それなら店内で聞くぜ。まだオープンまでには時間あるし、飲み物でも出してやるよ。ほら、おいで」

万世がドアを開けて、二葉に「来い来い」と手招く。二葉は誘われるまま、レトロな店内に入り、カウンター席に腰掛けた。

「はい、コーヒー。アイスじゃなくてホットでよかったんだよな？」

「あ、はい！」

「ゆっくり一息入れたいときは、あったかい方がいいよなあ。あとこれ、お茶請けに昨晩作ったスティックチーズケーキ。うちの人気商品なんだ。レイジもお気に入りなんだよ、遠慮せず食べてくれ」

「ありがとうございます……」

万世の淹れるコーヒーは相変わらず、香り深くて安心する味わいだった。チーズケーキも濃厚ながら、食べやすくておいしい。

なにから話したものかと悩んでいたが、やんわり気持ちがほぐれてきた二葉は、いつの間にかあれこれ打ち明けていた。

カウンター越しに黙って聞いていた万世は、「そっか……つらかったよな」と、凜々《りり》しい眉を下げる。

「無責任なことは言えねぇからよ。おねえさんが二葉ちゃんを怨んでないなんて、俺からは言い切れねぇよ」

「そうですよね……」

「俺がおねえさんだったら、かわいい妹じゃなくて、その連れ去った天狗とやらの方を怨むがな。だけどそれは、レイジの言葉を借りるなら『会わなければわからない』だ」

「はい……」

ただ慰めるだけではない厳しさが、万世にはあった。だけどこんな彼だからこそ、レイジが信頼を置くのも二葉には頷けた。

空になったカップに視線を落とす二葉に、万世は至極優しい声で語りかける。

「……実は昨日な、レイジの奴にもそのチーズケーキを持っていったんだ。そうしたらアイツ、デスクでスマホと睨めっこしていてよ。滅多に見られない困り顔をしているもんだから、どうしたのかって聞いたら、『励ましてやるつもりだったんだが……柄にもないことをするもんじゃないな。失敗した』って。いったいあの傍若無人なアイツが、誰を励まそうとしたんだと思う？」

「え……ま、まさか、私？」

バッと顔を上げて、二葉はまじまじと万世を見つめた。万世は「不器用な奴なんだよ」と苦笑しているが、不器用にも程がある。

「どう考えても怒らせようとしていましたけど⁉」

「いや本当、人間初心者なんだよ、許してやってくれ……それにレイジ以上に、二葉ちゃんの境遇や気持ちがわかる奴もそうそういないはずだぜ」

「それってどういう……？」

「本人の許可なく話していいことじゃないんだけどな。まあ、二葉ちゃんだからOKってことで。っと、先にコーヒーのおかわりいるか？」

万世が気を利かせて、なみなみとまたコーヒーを注いでくれた。それを二葉はちょっとずつ音もなく啜る。

「二葉ちゃんはさ、レイジの持ちネタのひとつ、『廃墟の遊園地と兄弟』って怪談話は聞いたことあるか？」

「ありますよ。先生が怪談師としてデビューするきっかけになった、十八番ネタですよね」

その怪談話はタイトルのとおり、一組の兄弟が主役だ。

物腰柔らかな高校生の兄と、愛想はないが思慮深い中学生の弟は、自他共に認めるほど仲がよかった。父親を早くに亡くし、病気がちな母親をふたりで支えてきたため、互いが互いを大切に想い合っていた。

しかしある日から、兄は悪夢に魘されるようになる。

廃墟と化した遊園地の、二度と回ることのないメリーゴーランドのそば。そこで顔に大きな痣《あざ》のある幼い少女が、泣いて兄に助けを求めてくる夢だ。

そこは父親も生きていた頃に、家族みんなで遊びに行った、兄弟にとって思い出の遊園地でもあった。賑わっていたのがウソのように、時代の変化に追い付けず経営難で潰れてしまったが、中の遊具や施設はすべてそのまま放置されていた。

連日続く悪夢を自力でなんとかしようとした兄は、弟にも内緒で遊園地へとひとりで向かってしまう。

兄は夜になっても帰ってこず、連絡もない。夢の話を聞いていた弟は、すぐに兄の行き先を察した。そして兄を捜しに彼もまた、真夜中の廃遊園地へと足を踏み入れる。

鍵の壊れた門を抜け、夜風に揺れる観覧車や、錆びたコーヒーカップを通り過ぎ、たどり着いたメリーゴーランド。そこで弟が目にしたものは、汚れて傾いた白い馬の横腹に、血かペンキか不明な赤い字で、でかでかと書かれたメッセージだった。

『○○へ』と弟の名前を記し、『はやくここからでろ』、と。

そこで弟は急な悪寒と眩暈《めまい》がして倒れ、翌日に病院のベッドで目を覚ます。

メリーゴーランドの前で倒れていた弟を救出したのは、同じく兄を捜しに来ていた兄の親友だった。だが親友の方は、馬の横腹にメッセージなどなかったという。退院してから弟が見に行っても、痕跡すら見つからなかった。

そして結局、兄は弟のもとには帰らず、現在も行方不明となっているらしい……と、謎を残して物語は締め括られる。

ストーリーラインだけ淡々となぞれば、直接的に霊が襲ってきたり、怪奇現象が次々起こったりするわけではないので、派手な恐怖感は足りないかもしれない。廃墟の遊園地というシチュエーションだって、けっして目新しくはないものだ。

しかしながらレイジは、悪夢に追い詰められる兄の様子、それを心配する弟の心情、荒れ果てた夜の遊園地の不気味さ、赤字のメッセージの異様さ……それらすべてを巧みな話術を駆使して、完璧なリアリティで表現しきってみせた。

「あの怪談話で先生が有名になったのも納得っていうか……遅れてじわじわ怖くなってくるのに、兄弟のことを想うと切なくもなるんですよね。でも、それがどうしたんですか？」

「……あれな、実話なんだよ」

「？　えっと、それは知っていますけど……？」

百物語レイジは、実話怪談専門の怪談師である。創作怪談は基本的にせず、ある程度裏付けの取れた本当に起きた話しかしない。

というか、ネタのほとんどが怪夢で見たものだ。

「ああ、悪い！　俺の言いかたが悪かった！　実話ってのは、赤の他人の体験じゃなくて、レイジが体験したことだって言いたかったんだ」

「先生の体験……？」

アンティークのガラス製ペンダントライトから放たれる光が、万世の男前な顔を照らしている。彼に似つかわしくない、影のある表情だ。

「話に出てくる〝弟〟がレイジで、〝兄〟がレイジの実兄である物部礼一《れいいち》。俺はイチって呼んでいる」

「イチ……」

それは以前、万世の口からこぼれたことのある名前だった。

「ついでに〝親友〟が俺な。俺とイチは小中高が同じ昔馴染みでさ。レイジともイチの弟ってことで知り合ったんだ。まあ、レイジは俺にとっても、かわいくない弟みたいな感覚かな」

「ちょ、ちょっと待ってください！　頭が混乱して……じゃあ、先生のお兄さんは行方不明ってこと……？」

「そうだよ……あれはもう、十二年前になるのか。イチがいなくなった日から、レイジはあの特異体質に目覚めちまったんだ」

驚愕しながらも、二葉は自分とレイジの境遇がとても似ていると感じた。

二葉だって姉が不可思議な状況下で行方不明になり、その事件がきっかけで霊感に目覚めたのだ。それまでは、霊の存在なんて感じたこともなかった。

一説によると、大半の人間は『第六感』を閉じた状態で普段生活しているが、例えば死に直面する経験をしたり、精神的に多大なショックを受けたりすると、本能が強く刺激され、第六感が開くことがあるという。

それが霊感だったり超能力だったり、レイジのような特異体質になるようだ。

「レイジはずっとイチを捜している。本人いわく『当然生きていてほしいが、今さら生死は問わない』とさ。いつかイチの怪夢を見ることも覚悟の上で、むしろ己の体質を利用してでも、消えた兄の真実を知りたいそうだ」

「先生がそんなことを……」

「怪談師を始めたのだって、怪奇現象に絡む情報を集めやすいからだよ。でも俺はアイツの性格上、いくら持ち前の美声とあの容姿があっても、人前で語るなんてムリだと思っていたんだけどな。レイジは本来、目立つのだって好きじゃないはずだし。だからアイツなりに、やりかたを模索したんだろうけど……」

「やりかた、ですか？」

万世は肩を竦めて苦笑する。

「『百物語先生』をやっているときのレイジって、別人みたいだろ？　アレはな、イチのまねをしているんだ。喋りかたとか所作とか……初めて見たときはビビったぜ。もとから顔のよく似た美形兄弟だったが、レイジにそっくりそのまま、イチが乗り移っているみたいだった」

二葉はもう、なんと返せばいいかわからず口を噤《つぐ》んだ。

万世も言葉を切れば、外から聞こえてくる蟬の音がいやに耳をつく。夏の終わりの、最後のひと鳴きなのだろうか。

(私は……なんにも知らなかった)

兄を捜すためのレイジの覚悟を聞かされて、二葉は己の覚悟のなさを恥じた。

レイジは必死になって、何年も兄の真実を追い求めているのに……二葉はすぐ手の届くところに姉の真実がありながら、向き合うのが怖くて目を背けようとしていた。レイジの言うとおり逃げていた。

レイジに吐いた暴言に対する罪悪感も、重みを増してズシリと二葉にのし掛かる。

己が今すべきことを、二葉は自問自答して……答えを出した。

「……私、先生に謝ってきます。それで今からでも、一緒に金沢に行けないか頼んでみます!」

二葉が勢いよく立ち上がれば、ガタッと椅子の足が床を蹴った。おかわり分のコーヒーはまだ余っていたが、万世に頭を下げて店を出る。

万世も見送りに出てくれて、そこでふと、喫茶店のスタンド看板が視界に入った。木製の看板には、シンプルな白い文字が躍っている。

(もしかして、この店の名前って……)

二葉はおずおずと、万世に聞く。

「あの、喫茶『まちびと』って……万世さんの『待ち人』は、礼一さんですか？」

「……高校生の頃、イチに話してたんだよなあ。将来は喫茶店のマスターでもやって、マイペースに毎日過ごしたいって。イチが『バンの店なら必ず行くよ』って笑っていたから、店を開いていたら、いつかフラッと帰ってくるんじゃないかって。イチが霊になっていてもいいから、帰ってきてほしいもんだよ」

「万世さん……」

親友への願いを込めた店の前で、万世が切なげに微笑む。そしてポンッと、二葉の頭に手を置いた。

身内相手にするような手つきで、遠慮なくわしゃわしゃわしゃと撫《な》でられる。

「わっ！　や、やめください！　恥ずかしいです！」

「ははっ、もっと肩の力を抜いて行ってこい、二葉ちゃん！　形はどうあれ、おねえちゃんと再会できるんだからよ！　レイジのことも任せたぜ！」

万世のくれたエールに対し、二葉は乱れた髪を直しながらも、「はい！」と元気よく返事をした。

事務所の鍵は開いていた。

ここまで来たらもう引き返せないので、二葉は「失礼します！」とドアを思い切り開け放つ。

「……なにしに来た。放っておいてほしいんじゃなかったのか？」

レイジはソファに腰掛けて、仕事用だろう分厚い資料を眺めていた。高い鼻が際立つ横顔は、二葉の方を振り向きもせず、わざとらしいくらい資料から目を離さない。二葉のことなんて興味ありません、といったふうだ。

そのツンとした態度は、怒っているというよりも拗ねているのに近い。

どちらにせよ、二葉がすることは変わらなかった。腰を折って「この度は本当にすみませんでした！」と、深々と頭を下げる。

「……なにに対しての謝罪だ」

「あ、あれとかそれとか、ぜ、全部です！　特に礼一さんのことを知らなかったとはいえ、先生にひどいことを……」

「吹聴屋はバンか。地獄の閻魔《えんま》にでも舌を抜いてもらわないといけないな」

チッと舌を打って、レイジはようやく資料を手放して二葉に視線を向けた。隈が色濃く出ている目は冷ややかだ。

「それで、俺の兄のことを知ったからどうなんだ。ただ謝罪をしに来ただけか？　それならもう済んだだろう。さっさと帰れ、俺は今から荷造りで忙しい」

「そ、そのことなんですが！　私も連れていってください！」

ぎゅっと拳を握って、二葉は頭を下げたまま言い募る。

「先生が言ったように、人は霊と向き合える……私も霊になったおねえちゃんに、ちゃんと向き合いたいって思い直したんです。本当に姉は天狗なんてものに拐《かどわ》かされたのか、真実を確かめたいって……。今さらかもしれませんが、先生と今回の怪夢も解かせてくださいい！　お願いします！」

こんなに真摯に他人に訴えたのは、二葉の二十ちょっとの人生で初めてかもしれなかった。これで断られてもまだまだ食い下がるつもりだ。

しかし……レイジはしばしの沈黙を挟んだあと、静かに「顔を上げろ」と美声で命じた。

「……俺のアシスタントとしてまだ働く気があるなら、いくらでも連れていってやる。ただし、今回は今まで以上にこき使うからな」

「も、もちろん！　精一杯働きます！」

「それと腹が減った。昼はオムライスを作れ。卵は半熟、ソースはデミグラスだ」

「いくらでも作りますよ！」

「野菜は極力抜け」

「細かくしていっぱい入れますね！」

嫌そうに顔を顰《しか》めたレイジに、二葉はふふっと笑って、いつものふたりの空気が戻ってくる。

まだなにも解決しておらず、むしろここからではあるが、二葉はひとつ肩の荷が下りた気がした。

「じゃあ、卵は冷蔵庫にあるので、さっそくオムライスを……って、あ！　でもその前に、先生ってもうあっちへ行くための移動手段とか、ホテルの手筈ってしちゃいました？　私もやらなきゃ」

発つのは明後日だ。八月下旬とはいえ、世間様はまだまだ夏休みシーズンなので、予約をするならどれも早い方がいいだろう。

ちなみに派遣バイトの方は、夏になってレイジの仕事が繁忙期になったため、後者を優先して、念のため九月半ばまで休みを取っている。二葉のスケジュール的には、長期出張でも問題はなかった。

レイジはソファの背に寄りかかりながら「ああ、手筈は済んでいるな」と首肯する。

「新幹線の予約を、ふたり分してある」

「へ？　ふ、ふたり分って……」

「なにもコマの分じゃない。手足として動く奴がいないと不便だからな、バンかランプあたりでも連れていこうと……おい、なんだそのニヤケ面は」

「い、いいえ、別に！」

二葉は表情筋を引き締めるも、どうしても緩んでいくので困った。

(万世さんは店があるし、ランプさんは先生が誘えば過密スケジュールだって予定を空けるだろうけど、まず先生が絶対に誘わないし……)

つまりはまあ、そういうことだ。

レイジも大概、素直じゃない。

「あと、ホテルってどんなとこ取ったんですか？　さすがにそっちは、私の分は予約してないですよね？」

「お前の分じゃないと言っているだろう……金沢駅の近くで、適当なところを選んだ」

「ああ、あの辺ですか。長期だとけっこうお高いですよね。私も同じとこ泊まれるかな。交通費と宿泊費って支給されます？」

貧乏が染み付いている二葉としては、上司に至極当然の確認をしたまでだった。だがレイジからは胡乱な表情を向けられる。

「交通費までなら出してやるが、宿泊費は知らん。お前は実家があるんだから、そちらの世話になればいいだろう」

「ええっ⁉」

〝実家〟という選択肢は、端《はな》から二葉の中ではなかった。長らく帰省などしていないのだ。顔を出すつもりはあったが、両親の健やかな姿を一目見たら、家の敷居も跨がずに去る気だった。

しかしながらそれも、過去から逃げていることになるのか……と、二葉は今一度考えを改めてみる。

（今回で十三年前のことに、私なりのケジメをつけたい）

オムライスを作り終えたら、両親に電話しようと決める。近々そっちに帰るから、しばらく滞在させてくれないか頼んでみるつもりだ。断られることはなく、おそらく歓迎されるだろう。

「金沢に着いたら、あちらの旨いものを教えろ。滞在中に食う」

「先生って……沖縄の話からも思っていましたけど、偏食家のクセにわりと美食家ですよね……。わかりました、考えておきます」

レイジに食べさせたい、久しぶりの地元の名物料理に思考を走らせながら、二葉はキッチンへと足を進めたのだった。

＊　＊　＊

北陸新幹線に乗れば、東京から石川県金沢市までは二時間半ほどで行ける。

二葉たちは朝から事務所に集合して、喫茶店前で万世に送り出され、予定時刻どおりに東京駅を発った。そして快適な新幹線の旅を終えて、午前中にはもうレイジの泊まる金沢駅近くのホテルに着いていた。

二葉は別にホテルに泊まるわけではないので、駅でいったん別れるものだと想定していたのだが……。

「ホテルの部屋に俺の荷物を置いたら、すぐにコマの実家に移動するぞ」

「そ、その口振り……まさか先生まで、私の実家に来るんですか⁉」

「どうせ問題の神社だって、コマの実家のそばなんだろ。姉の怪夢を解く手掛かりも、案外お前の家にあるかもしれないしな。ご両親に上司として挨拶してやる」

「えぇ……先生のこと、私はなんにも親に伝えてないんですけど……」

そんな会話を経て、二葉たちはホテルから駅に戻り、バスでそろって二葉の実家へと向かうことになった。

混んでいたため立ちっ放しのまま、二葉は隣で吊り革を摑むレイジに小声で喋りかける。

「……先に伝えておきますが、私の霊感のことは両親には打ち明けていないので。余計なことは言わないでくださいね！」

「ほう。だがコマほどの強い霊感なら、ごまかすにも一苦労だったんじゃないか？」

「どうにかごまかせるようになるまでは……いろいろありましたね」

なにせ、二葉は見えないものが見えるように、聞こえないものが聞こえるようになったばかりだった。しかもまだ子供であり、現在のようにある程度スルーする術《すべ》も身に付けていなかった。

初めて霊を認識したのは、小学校のホームルーム中だったか。

教壇に立つ先生の横に、見知らぬ婦人がポツンと佇んでいたのだ。

やたら古めかしい着物を着たその婦人は、なにをするでもなく、じっとりした目で生徒たちを見渡していた。

二葉が隣の子に「あの人、新しい先生？」と聞けば、「はあ？　誰のことだよ」と引き気味に対応されてしまった。

だが再び前を向いたとき、そこに婦人はおらず、気付けば二葉の背後にピタリと張り付いていた。生温《なまぬる》い吐息を首筋に掛けられ、椅子の上で悲鳴を呑んだ。

次いで婦人は、二葉の耳元で「うううう」と獣のような呻《うめ》き声をあげた。反射的に振り返ると、婦人の皮膚は焼け爛れたように溶け、もはや人の原形を留めてはいなかった。そのあまりのおぞましさに、二葉はたまらず教室を飛び出した。

あの着物の婦人は霊だったのだと、今の二葉なら理解できる。

しかし周囲には当然理解などされず、二葉の奇行は『一葉がいなくなったショックでおかしくなった』と判断された。ただでさえ一葉の事件の直後で、二葉は腫《は》れ物扱いをされていたのだ。閉鎖的な田舎町のため、そんな噂は瞬く間に拡散された。

両親にもずいぶんと心配をかけ、母にいたっては度重なる心労が祟《たた》って一時期入院したくらいだ。

実家に帰ると、この苦い思い出も必然と蘇ってしまう。

「……早く解決して、東京に戻りましょうね」

「まあ、早期解決に越したことはないな」

レイジは二葉のつむじを見下ろしながら、ふむと頷いた。

そんなやり取りをしている間にも、乗客はどんどん降りていって、気付けばバス内は二葉たちだけになっていた。車窓から望む風景も、雄大な山々が広がる田舎然としたものに変わっていく。

バスから降りると、空からはしとしとと雨が降りだしていた。東京に比べて雨が多い地なのだ。

抜かりなく持ってきた折り畳み傘をさして、青々とした田んぼが連なるあぜ道を歩く。やがて民家が並ぶところに出て、ブロック塀に囲まれた、二階建ての一軒家の前で立ち止まった。

ここに帰るのは、二葉も五年ぶりだ。

「ふぅん、ここがコマの実家か」

レイジは茶色い屋根を眺めながら、ネクタイをキュッと締め直す。今日の彼はネイビーのスーツに、品のいいボルドーのネクタイを巻いていた。

モデルのように様にはなっているが、どうしてこんな堅苦しい格好なのか、二葉は金沢に発つ前から疑問ではあった。隈もわざわざコンシーラーで、完璧に消せてはいないが薄くして隠すという凝りようだ。

これらはおそらく、二葉の実家を訪ねるために〝ちゃんとした大人〟を装ってきたのだろう。

（最初から押し掛ける気満々だったってことね……）

二葉はいささか緊張しながら、インターホンのボタンを押す。事前に行く時間は告げていたので、すぐにドアはガチャリと開いた。

「おかえり、二葉！　あなたったら、まったく帰ってこないんだから……久しぶりね、元気にしていた？」

「……ただいま、お母さん。私は元気だよ」

五年ぶりに直で相対する母に、二葉はぎこちなく微笑む。

二葉の母・駒井ハナは、昼食の支度中だったのかエプロンをつけていた。ブラウンの髪はシュシュでお団子にまとめられている。小柄な体軀に幼げな印象の丸顔で、年齢よりも若く思われるところは、二葉は母譲りだ。

「それで、隣のかたはどちら様？　まさか、東京で結婚相手ができたから、紹介するためにいきなり帰ってきたんじゃ……」

「ち、違うよ！　この人はただの職場の上司！　知らない？　テレビにも出ている百物語レイジって」

「言われてみると、見覚えがあるかも……？」

母はじいっとレイジを見つめる。レイジはふんわりと笑みを浮かべ「こんにちは、百物語レイジと申します」と名乗った。

「怪談師というものを生業にしております。怖い話の語り部ですね。かといって、危険な職業ではありませんよ？　エンターテイメントに関わる仕事のひとつとして捉えていただければ幸いです。娘さんには僕のアシスタントをしてもらっていて、本日は仕事の関係でこちらに来たのですが、せっかくなのでご挨拶に伺いました」

物腰柔らかなレイジに、頬を染めたハナは「あ、あらあら、素敵な人ねえ」と警戒心を取り払われている。

そんな母に、二葉は非常に複雑な気分になった。この猫かぶりモードのレイジが、兄の模倣《もほう》だと知ったからなおさら複雑だ。

「二葉さんにはいつも助けられております。今後ともよろしくお願いします」

「こちらこそよ！　そうだ、レイジさんもよかったら上がっていって！　ついでにお昼もどうかしら？　カレーなんだけど、また量を間違えて作りすぎちゃったのよね」

「……もしかして、また四人分？」

二葉が「その癖、まだ直ってないんだね」と言うと、ハナは「どうしても、その……ね」と曖昧《あいまい》に笑う。

一葉が行方不明になったあとも、ハナは一葉の分を含めた、家族四人分の料理を無意識に作る癖ができていた。それはいまだに続いており、二葉が家を出てからも、油断すると時々四人分が出来上がるそうで、生真面目《きまじめ》に己の腹で消費してきた父は、細身だったのにすっかり太ってしまった。

（でもお母さんのこれって……癖というより、〝願い〟なのかな）

また家族四人で食卓につきたいという、ハナの願いの表れ。

ハナは今でもひたむきに、一葉の生還を信じて待っている。

だがもう二葉は、それがけっして叶わないことを知っていた。これからレイジと真実を解くことで、母の願いを打ち砕くことになるかもしれないと考えると、二葉の心は鉛を呑んだように重くなる。

そんな二葉の心情などお構いなしで、レイジは「よろしいんですか？　ではお邪魔させていただきます」とすでに上がる準備をしていた。

「ええ、ぜひぜひ」

意気揚々と背を向けて、母はリビングに向かう。家の間取りは４ＬＤＫだ。二葉たちは玄関で靴を脱いで、ハナのあとを追った。

リビングには父親の駒井大樹《だいき》もいて、ふたり掛けのソファで新聞を読んでいる。シフト制の工場勤めの彼は、平日の今日は休みのようだ。

「おおっ、来たんだな」

新聞を閉じて大樹が立ち上がると、丸々と肥えた腹がたぷんと揺れる。本当に立派なぽっちゃり体型になったと、二葉は苦笑が漏れた。大樹は目元が二葉と似ていて、顔立ちはのっぺりとしているものの、人好きのする印象である。

「その……隣のかたは？　ま、まさか、婚約者とか言うんじゃ……！　む、娘はそう簡単に渡さんぞ！」

「あなた、違うわよ！　この人はレイジさん。エンターテイメントに携わるお仕事をしている、二葉の上司だって」

「あ、ああ、そうか。前に電話で、今は芸能人のアシスタント業務をしているとか話していたな……」

早とちりしたことを大樹は恥ずかしそうにし、ハナはそれを窘めて笑っている。諸々の理由で敬遠はしていたものの、こうして帰ってきたらきたで、実家の空気は二葉にとって温かいものだった。

（帰ってきてよかった、のかな……）

その後は全員で、和気藹々《あいあい》と甘口のカレーを食べた。

兄を模倣中のレイジは、涼しい顔で文句ひとつ言わず野菜も平らげ、その話術を以《もっ》てして、ハナと大樹の懐にいともたやすく潜り込んでしまった。

「いやあ、レイジくんは若いのにしっかりしているな。レイジくんになら、二葉を任せられるよ」

「こんな人のもとでお仕事しているなら、もっと早く紹介してくれたらよかったのに！　二葉、レイジさんに迷惑かけちゃダメよ？」

レイジを気に入ったふたりは、やたらとレイジばかりを持ち上げる。二葉は口の中でホクホクのジャガイモを転がしながら、微妙に歯痒い思いをした。

（本物の先生は横暴で俺様で、人格者でもなんでもないのに！）

しかもハナが「夕飯もぜひ！」と誘うので、レイジは夜まで居座ることになった。それから仕事関係の話をするという体で、二葉とレイジは、二階の二葉の自室にいったん籠《こも》る。

室内は主《あるじ》が滅多に帰らずとも、定期的にハナが掃除してくれているのか綺麗だった。六畳の広さに、ベッド、クローゼット、スカスカの本棚、真ん中にはミニテーブル。本棚の上にはぬいぐるみや、高校時代アロマにハマっていたときのキャンドル立てなどが飾られている。

ちなみに隣の部屋は、幼い頃に姉妹で使っていたままの状態で保存されていた。

「先生ったら、まんまとうちの親を騙してくれちゃって……」

「人聞きが悪いな。見る目のあるいいご両親じゃないか。この家庭環境なら、コマが病まずにバカ素直に育ったのもわかる」

「褒めてます？　貶《けな》してます？」

レイジは悠々と足を組んで人様のベッドに腰掛けており、二葉はレイジが自分の部屋にいる事実に、どうにもちぐはぐな感覚を抱いていた。

「褒めているぞ。家族は大事にしておけ」

そう言う彼の横顔には、特別な感情は見当たらない。だけど二葉は、万世から聞いたレイジの過去を想い、聞かずにはいられなかった。

「あの……礼一さんがいなくなったあと、先生のお母さんって……」

「……俺たちの母はもともと、体の弱い人だったからな。兄さんが消えたあとに程なくして亡くなった」

『兄さん』と口にしたときだけ、二葉にはレイジの表情が、どこかあどけなく見えた。

二葉はクッションに座ったまま、「変なこと聞いてすみません……」と、カーペットに視線を落とす。

憎たらしい表情に戻ったレイジは、「まったくだ」と鼻で笑った。

「過去を湿っぽく語る趣味はない。俺が語るのは怪談だけだ。……いいから、怪夢の調査に取り掛かるぞ。手始めにお前の姉の写真はないのか？　念のため顔を確認しておきたい」

「そ、そうですね！　アルバムがありますよ！」

二葉は急いで、本棚から分厚い冊子を引っ張り出す。埃などは被っておらずとも、開くとどこかカビ臭さが鼻をついた。

小さな姉妹が写った写真は、シチュエーションを変えて何枚も何枚も収められていた。撮影者は主に大樹で、彼の趣味はカメラだ。

レイジは長い指先で、二葉の隣で控え目にピースサインを作る、セミロングヘアーの少女の輪郭をなぞる。行方不明になる少し前、家族で海に行った際に撮った一枚だ。

「ああ、怪夢に現れた少女に間違いないな」

「……そう、ですか」

往生際悪くひと匙《さじ》ほど期待していた、別人の可能性はこれでなくなった。

肩を落とす二葉に対し、レイジは「あまりコマとは似てないな」と淡々と感想を述べる。

「顔の造り自体は、けっこう似ているはずなんですけどね。性格の違いが雰囲気とかに出ているせいか、よくそう言われました。私はやんちゃで、姉はおとなしかったですから」

「ふむ……事件が起こった夜も、やんちゃなコマが祭りに姉を連れ出したんだったか」

「……はい」

このくだりは、二葉が自分を責めないようにと、両親も含めた周りの人は気遣って誰も口にはしなかった。実際に今も昔も、二葉の自責の念は消えていない。

だけどレイジはそんな気遣いなど一切せず、ただただ事実確認を進めていく。

その態度は、今の二葉にはひどく気が楽だった。

(先生に気を遣われる方が気持ち悪いしね)

失礼なことを考えている間に、レイジがパタンとアルバムを閉じる。

「次は当時のおさらいだ。コマが無理にでも祭りに行きたかったのは、その年だけ『虹色のぼんぼり』とやらが出るからだったか」

「特別にひとつだけ出るって聞いて……でも今思うと、ちょっとおかしいんです。他に見た人がいないっていうのは、まあ、見つけにくい境内の裏手にあったので仕方ないにしても、誰も『虹色のぼんぼり』の情報自体を知らなかったみたいで……」

二葉だって覚悟を決めてきたので、ここ数日で自分なりに、必死に当時のことを思い返していた。

そして当時は気にもしなかった、その違和感に気付いたのだ。

「確かに妙だな。そもそも祭りの主催者側が、ぼんぼりの存在を告知していなかったということになる。サプライズ的に用意したのだとしても、そこまでわかりづらい場所に配置はしないだろう。コマはその情報をどこから知ったんだ？」

「それがよく思い出せないんですよ……」

二葉はへにょりと眉を下げる。

「辛《かろ》うじて大人の男性から聞いた気はするんですが、記憶がおぼろげで……」

「……当時の主催者側の人間に、『虹色のぼんぼり』について調査してみてもいいかもしれないな。あと気になる点といえば、天狗の存在か。コマが目撃した、姉を襲った犯人は本当に天狗だったのか？」

窮屈になってきたのか、レイジは片手でネクタイを緩めながらも、探るような目で二葉を見据えた。

その目に少々怯みつつも、二葉はしっかりと首肯する。

「あれは間違いなく、赤い顔で高い鼻の……天狗でした」

「その証言はまともに取り合ってもらえたか？」

「いいえ、軽くあしらわれました。……ただそれで、誘拐の説も出てはいたんです。イカれた誘拐犯が、天狗の面をかぶって犯行に及んだんじゃないかって」

「なきにしもあらず、だな。事件が本当に天狗の仕業《しわざ》なのか、それとも人為的なものなのか、見極める必要がある。俺とコマは『霊』に関してはプロフェッショナルでも、定義として『神』にも『妖怪』にも当てはまる天狗は専門外だしな」

（私は別に『霊』もプロフェッショナルじゃないけど！）

話の腰を折らないために、二葉は声を大にして訂正はしないでおいた。一括りにしないでいただきたいところだ。

「一概に『天狗』といっても、全国各地に様々な伝承がある。コマが目撃したのは『大天狗』だろうが、黒い嘴のある『烏天狗』という、種類の違う天狗もいるからな。個別に名前がついている奴もいて、そいつらは『日本八大天狗』などと呼ばれている。京都《きょうと》の愛宕山太郎坊《あたごやまたろうぼう》や鞍馬山僧正坊《くらまやまそうじょうぼう》、滋賀《しが》の比良山治朗坊《ひらさんじろうぼう》あたりは聞いたことがあるんじゃないか？」

「チ、チラッとですが……」

「なにも姿形があるだけでなく、山で聞こえる謎の音を『天狗笑い』、山で突然降ってくる謎の石を『天狗礫《つぶて》』とも言う。このあたりは、埼玉や大分《おおいた》の伝承だ。ここ石川県にも、『天狗の寺』というのがあるそうじゃないか」

「あっ！　はまぐり坂のとこにある、お寺の話ですね！」

その昔、住職が一匹のトンビを助けたところ、実はそのトンビは天狗が化けていたもので、夜、住職のもとにお礼がしたいとやってくる。そして八角形の板に、文字の刻まれたお守りを天狗はくれた。それは火事から守ってくれるお守りであり、寺に掛けておいたおかげで、周囲が大火に見舞われようと、不思議と寺だけは焼けなかったそうだ。

「この天狗は……なんか優しい天狗さんですよね。ちゃんとお礼をしているし」

「伝承によっては、善にも悪にも書かれるからな。お前の住んでいるこの地域に限っても……天狗の伝承があると、ランプが調べてくれているぞ。こっちは〝悪〟の方で、天狗が祭りの夜に現れて、少女を攫《さら》ったという民話があった。歌にもなっているようだな」

「ひいおばあちゃんが教えてくれたやつだと思います……」

レイジのように歌はうまくないので、二葉はボソボソと歌ってみせる。

あかいぼんぼり　おいかけて

きまつしきまつし　とりいのむこう
てんぐさまが　よんでいる
ちいさなあのこを　よんでいる

聞き終えて、レイジは自分の中で消化するように、歌詞を軽く繰り返した。そして頤《おとがい》に手を当てて、真剣な顔で考え込む。

「民話を含めた歌の内容と、コマ姉が消えたときの状況が酷似しているな。ここは注視すべきところだ」

「そうなんですよ！　だからこそ余計、怪談話としても広まっちゃったみたいで……」

「これ以上は話し合うだけでは進まない。今から現場検証といくか」

「えっ？　げ、現場って……」

アルバムをベッドに置いて立ち上がったレイジに、二葉は肩を揺らして動揺する。

——現場といえばあそこしかない。

「天守神社に決まっているだろう。他にどこがある」

二葉の動揺など歯牙《しが》にもかけず、レイジは部屋を出て階段を下りると、真っ直ぐに玄関へ歩みを進めた。

足音に気付いたのか、リビングのドアからひょっこりハナが顔を出す。

「あら、今からふたりでお出掛け？」

「はい。せっかくの機会ですから、このあたりを観光がてら歩いてみようかと」

爽やかに大法螺《おおぼら》を吹くレイジに、ハナは「それはいいわね！」とにこやかに笑う。

「なにもないところだけど、ゆっくり見ていってね。でも夕飯までには戻ってきてちょうだい。レイジさんのために、特別豪勢な料理を振る舞うつもりだから」

「料理上手なハナさんの腕によりをかけたお夕飯、とても楽しみにしています」

「本当にお上手ねぇ、レイジさんったら！」

ご機嫌なハナに見送られ、二葉たちは家をあとにした。傘をさして雨の中を歩きながら、レイジが「手早く検証して戻るぞ」と二葉に告げる。

「コマ母の豪勢な料理とやらを、逃すことがあってはならないからな」

「ウ、ウキウキじゃないですか、先生！　お母さんへの褒め言葉は法螺じゃなかったんですね！」

「だが野菜だらけだった場合は、さりげなくお前が食え」

「やっぱりカレーのときも無理していたんじゃん！」

偏食なのに食い意地が張っているレイジに、二葉はツッコミを入れるのに忙しく、幸いにもトラウマに滅入ることもなく天守神社に到着した。もとより二葉の実家からは、徒歩三分もかからない距離だ。

長い石段は降り続く雨のせいで濡れていた。上った先には朱塗りの鳥居が見える。周囲には生温い湿った空気が漂い、雨粒を受けてざわめく木々に包囲されていた。

このまま進めば、もう戻れないような。

歌のとおり、鳥居の向こうで誰かが呼んでいるような。

そんなおかしな気分にさせられる。

「けっこう境内は広いな」

「お祭りの規模も、そこそこ大きかったですからね……」

二葉はおそるおそる鳥居を抜けて、キョロキョロとあたりを見渡す。こんな雨だからか、他に参拝客の影はない。

右手に手水舎《ちょうずや》、左手に社務所と授与所、中央に拝殿……立派だがふるぼけた印象のそれらは、すべて二葉の記憶と違わなかった。

徐々に他の記憶の蓋も開いていく。

(私はお祭りのときくらいしか、この神社には来なかったけど……そういえばおねえちゃんは、わりと通っていたんだっけ)

小学校の帰り、二葉と下校時間が合わないときなど、よくひとりで参拝に訪れていたようだ。信心深いひぃおばあちゃんに、一葉は特に懐いていたから、その影響だろう。

「このあたりは特に不審なところもないな。怪夢で見た裏手まで行ってみるぞ」

「は、はい」

ザリッと玉砂利を踏んで、社務所の方から拝殿の横を通って進む。

（あれ……？）

その途中で、二葉の手足がどんどんと縮んでいった。

ついには幼い子供のものになる。

目の前に横たわる景色も変わり、視界の端でぼんぼりの赤い灯りが揺れた。まだ昼だったはずなのに空が真っ暗で、夜の帳《とばり》が下りている。一定のリズムを刻んでいた雨音も、知らぬ間に賑やかな祭囃子になっていた。

体と心が、あの夏祭りの夜に還《かえ》っていく。

（おねえちゃん……）

ほんの少し先に、水玉模様のワンピースを着た一葉が、こちらを向いて立っていた。

リーフ形のヘアピンが、闇夜に鈍く光る。

だがよく見ると、一葉の全身は土にまみれ、白すぎる肌や二葉を見つめる目には生気がなかった。まるで薄汚れた人形のようだ。

（おねえちゃん……おねえちゃん！　おねえちゃん！）

それでも、二葉はがむしゃらに手を伸ばす。

距離感が歪んでいてどうやっても届かず、一葉はまるで諦めろと諭すように、フルッと首を横に振った。

『ふたば、おねがい……』

一葉の口がなにかを紡ぎかけた――瞬間、現実に戻ってくる。

もうそこに一葉はおらず、ただの境内の景色の中で、レイジが傘の下から「どうかしたか」と二葉の顔を覗き込んでいた。

「たぶん今……姉の霊を視ました。シンクロ、っていうんでしょうか……私まで姉の思念に引き摺《ず》られた感じで……」

「……ここが、怪夢で見た場所だからな」

レイジはスッと腕を伸ばし、「コマ姉が指していた立札もあるぞ」と示した。朽ちかけの立札は、鬱蒼《うっそう》と茂る木々に紛れるように、地面に深々と一本足が刺さっている。

「お嬢さん、そちらは危ないですよ」

二葉が近付いて見ようとしたら、知らない声でやんわり注意を受けた。二葉たちの来た方から現れたのは、袴姿で傘をさした神職の者だ。中肉中背、丸眼鏡《めがね》をかけた壮年の男性で、特徴の薄い素朴な雰囲気である。

「そこは雨だと土がぬかるんで、とても転びやすいんです」

「あっ、そうなんですね」

二葉は急いで足を引っ込める。

レイジがすかさず「あなたは？」と尋ねると、男性は「この神社の宮司をしております、佐竹《さたけ》といいます」と控え目に自己紹介をした。

「父が昨年亡くなって、跡を継いだばかりですが……。他に神職はおらず、氏子の皆さんに助けられながら切り盛りしております」

「それは大変そうですね」

「いえ、由緒ある神社を守る大切な仕事ですので」

「ご立派なことです。ところで佐竹さんに、お聞きしたいことがあるのですが……」

レイジの言葉を遮るように、「おーい、佐竹さん！」ともうひとり誰かが駆けてくる。

背が高く横幅もある大柄な男性で、歳は佐竹と同じか少し上くらいか。ジャージ姿で無精ひげを生やしており、無骨な印象だ。

「話の途中で急にいなくなるから、びっくりしたわ！」

「すみません、田戸《たべ》さん。こちらのお嬢さんがたが、奥に向かうのが見えたので……」

「参拝客か。こんな雨の日によう訪れたな」

「ありがたいことですよね」

田戸と呼ばれた男性と、佐竹は親し気に会話する。

聞けば田戸は、父親が昔からこの神社の熱心な氏子で、本人も氏子青年会に所属しているそうだ。本職は大工だが、今日のような雨で仕事が休みの日は、神社の清掃などをしに来てくれているらしい。

佐竹はもちろんのこと、田戸も父親共々、十三年前の祭りに主催者側として関わっている可能性は大いにある。

レイジは「運よく事件のことを聞けそうな人物がそろったな」と二葉に耳打ちした。

その一方で、二葉は強烈な既視感に襲われていた。

(このふたりに会うのは、私は初めてのはず……でも、ふたりが並んでいるところは見たことがあるような……)

無言で首を捻る二葉に構わず、レイジはストレートに切り込む。

「おふたりにお聞きしたいのですが、ここで十三年前に起きた、少女の行方不明事件についてはご存じでしょうか？」

佐竹と田戸は、同じタイミングで目を丸くした。

「もちろん存じてはおりますが……。失礼ながら、面白半分で無関係な第三者がほじくり返すのは、あまり感心しませんよ」

「そうやぞ。ご家族のつらい気持ちも考えてやらんと」

佐竹は窘めるように、田戸は少し怒ったように、レイジに批判の意を示す。レイジは受け流し、二葉を軽く前に押し出した。

「それが無関係ではないのです。こちらにいる彼女は、その少女の妹ですから」

「君が……？」

「本当か？」

四つの目に一斉にまじまじと観察され、二葉は居心地が悪くなる。先に強い視線をやわらげたのは佐竹だ。

「お姉さんの方とは、ここで何度か面識はあったけど……妹さんは初めましてかな。こんにちは」

「こ、こんにちは」

「あれはとても痛ましい事件だったね」

佐竹は「子供の不幸は残念でならないよ」と瞼を伏せた。続けて田戸も「早く無事に帰ってきてほしいもんやな」と、憂いを孕《はら》んだ息を吐く。

「それで、お姉さんとの思い出のあるこの神社に、懐かしくなって来たのかな？」

「そんなところです」

佐竹の問いに、レイジが二葉の代わりに応対し、間髪容れずに「当時の夏祭りの主催は、あなたがたの親世代ですか？」と確認を取った。佐竹も田戸も首肯する。

「その年だけ『虹色のぼんぼり』を見たと彼女が言うのですが、そんなものは事実あったのでしょうか？」

「……どうでしたかね。当時は私も全面的に関わっていたわけではないので、正確なことはお答えできません。田戸さんは知っていますか？」

「いいや、初めて聞いたわ。親父《おやじ》もそんな話はしていなかったし、ぼんぼりは毎年赤一色やったと思うけどなあ。親父に確認してやりたいけど、最近認知症が進んじまって。この前もなあ」

そこからは、田戸の介護の苦労話に移行してしまった。

レイジは適度なところで、「私たちはもう失礼しますね」と引き上げる。そこで二葉はようやく、考えに考え抜いて、記憶の蓋をまたこじ開けた。

（そんな、まさか……でも……どっちが？）

思考にハマって立ち竦む二葉の腕を、レイジが摑む。そのまま引きずられるように、佐竹たちの横を通り過ぎて、二葉たちは来た道を引き返した。

あっという間に神社は遠くの景色と化し、雨も知らぬ間にやんでいた。

だがいまだ、空気は湿り気を帯びている。レイジの腕にかかる折り畳み傘から、ポタリと水滴が落ちた。

それを目で追いながら、二葉はおずおずと口を開く。

「あの……たぶんですけど、私に『虹色のぼんぼり』のことを教えたのは、あのふたりのどちらかだと思います」

「……ほう？　詳しく話してみろ」

水溜まりに映るレイジの瞳が、ゆるりと妖しく細まる。

まるで不吉を運ぶ黒猫のようだ。

黒猫といえば、一葉の持っていたお面も、黒猫をモチーフにしたアニメキャラのものだった。彼女が集めていたそのキャラのグッズも、ハナはなにひとつ捨てずに取ってある。

「……一度、おねえちゃんの帰りが遅かったときがあって、どうせあの神社にいるだろうと、私がひとりで迎えに行ったことがあるんです。石段を上ったところに、今とあまり見た目の変わらない彼等がいて、今日のようにふたりで会話をしていました。夏祭りの日の少し前、だった気がします」

「続けろ」

「私を見つけると、どちらかが近付いてきました。だけどそのときの位置が逆光で、顔も姿も見えづらくて……どちらなのかはハッキリ覚えていません。ただ話しかけられて、『今年は夜にひとつだけ「虹色のぼんぼり」が立つ』って、『きみにだけ特別に教えてあげる』って、『おねえちゃん以外には内緒だ』って、そう言われました」

「なるほど……声や話しかただと、どちらが近いかわかるか？」

「声は田戸さん、話しかたは佐竹さんっぽくて……ごめんなさい、たぶん記憶がごちゃついています」

レイジは「ふぅん」と俯き、二葉の語った穴だらけの内容を、余すことなく咀嚼《そしゃく》してから顔を上げた。彼の瞳の妖しさが一段と濃くなる。

「どちらにしても、片方は『虹色のぼんぼり』についてシラを切り、あえてコマと初対面を装った……ウソをついたことになる。現時点では、俺は佐竹の方が怪しいと感じたな。奴の言い回しで少し引っ掛かるとこがあった」

「言い回し？」

鈍色《にびいろ》の空の下、歩みを止めずに話していたら、もう家はすぐそこだ。

田んぼから響くカエルの合唱がどうにもうるさい。

「行方不明だというなら、その家族に対して表面上でも、早く帰ってくることを祈る言葉の方が無難じゃないか？　現に田戸はそうだった。だが佐竹はいなくなったコマ姉に対して、『子供の不幸は残念でならない』と言った。まるでもう、死んでいることが確定したような言いかただ」

「あ……で、でも、それは勘繰りすぎじゃ……」

「仮定としての推理だ。〝佐竹が事件の犯人だとしたら〟というな」

「犯人……」

「もっと懇切丁寧に言うべきか？　天狗なんぞのふりをしてお前の姉を殺害し、遺体をどこかに隠した犯人だ」

「っ！」

殺害、遺体……その生々しい響きに、二葉は顔を強張らせる。天狗じゃなくて人間の犯行であるのならば、直面する事態だ。だけどここまできたからには、酷なことでも向き合わなければいけない。

どうにか努めて冷静に、脳を働かせる。

「……けど、天狗のふりをしたなら、田戸さんの方が体格的には合いますよ」

二葉が遭遇した天狗は、見上げるほど大きかったはずだ。中肉中背の佐竹よりは、田部の方が近い。

「なるほど、体格か。だが、子供が暗がりで大人に襲われたなら、何倍にも大きく見えるものじゃないか？　天狗の衣装もそう見えただけかもしれない」

「そう言われたら、そうですけど……」

どちらも疑わしく、またどちらも犯人だと断定するには、材料が少ないことだけは確かだった。

「奴等が共犯という可能性も捨てきれない。あと別でひとつ、もしかしたらと気掛かりな点もあるが……」

「先生？」

「……これは今晩の怪夢で確かめてからだな」

レイジは珍しく、なにかを言い淀んでいるようだった。

それも教えてほしいところだが、二葉は一葉の霊が、自分になにを願おうとしたのかもずっと気になっていた。当然ながら答えは出ていないままだ。

だけど確実に真実に近付いているようにも、二葉には感じられた。

　それから二葉の実家に戻って、夕飯にはハナが腕によりをかけて作った海鮮丼を食べた。日本海側に面した石川県では、年がら年中新鮮な魚を味わえる。野菜は嫌いでも海鮮は好物らしいレイジは、ご飯の上に山盛りになったマグロやサーモンの刺身に、わかりやすくご満悦だった。

　大樹は「こんな豪華な飯が食えるなら、レイジさんにはずっと家にいてほしいもんだ」とふくよかな体を笑って揺らし、ハナに小突かれていた。

　そんなふうに昼食のとき同様、食事は和やかに進んでいたのだが……。

「そうだわ、レイジさん！　今週末に『夜ふかしの会』を公民館でやるんだけど、もしよかったらスペシャルゲストとして出てくれないかしら？」

　全員米粒ひとつ残さず平らげて、どんぶりなども片付けたところで、レイジの正面に座るハナがそんな提案を持ち出した。

　ハナは名案と言わんばかりに顔を輝かせており、隣の大樹も「おおっ！　いいじゃないか！」と後押しする。

「そのイベント、まだ続いていたんだね……」

　『夜ふかしの会』に対して、二葉は苦い反応を示す。要は怖い話を聞く怪談会であり、ゾクゾクして残暑を乗り切ろうという、納涼を目的とした町民たちの集いだ。

実はそれは、夏祭りの代わりにと始まったものだった。毎年恒例で町民が楽しみにしていた夏祭りは、一葉の事件をきっかけに、翌年から全面中止になったのだ。様々な意見はあれど、神社側が中止を押し切った。

(その代わりが怪談会ってのも、どうかと思うけど……)

聞けばすっかり町民たちの間では、参加者多数の人気イベントと化しているそうだ。

本物の霊感持ちの二葉は、当然一度も参加していない。二葉が実家にいた頃は、両親も話題にすらしたことはなかったはずだ。

「いつの間にお母さんたちまで参加するようになったの？」

「あなたが家を出てすぐからね。会の企画から運営までされている佐竹さんと田戸さんに、熱心に誘われたの」

「佐竹さんと、田戸さんって……」

眼鏡を掛けた神職の男と、ジャージ姿の男の顔が、二葉の頭に交互に浮かぶ。

「神社の宮司さんと、氏子青年会のかたよ。おふたりは一葉の事件のことで、私たち家族をとても心配してくれていたみたいで……特に佐竹さんね。夏祭り中止を言いだしたのも彼だったんですって。私たちが毎年事件を思い出して、つらい想いをしないようにって」

「あの人が……」

ハナは「そういうことなら、私たちも新しいイベントに参加しなきゃって思い直して！」と、わざとらしいほど明るい声を出す。彼女の肩はほんの少し震えていて、大樹はそんなハナの肩に、さりげなく労るように手を添えた。

ハナと大樹は一葉の帰りを待ち続けながらも、自分たちなりに少しでも前を向こうとしているようだ。会に顔を出してみたのも、その一環だろう。

また心配してくれたからと、佐竹と田戸に好感も抱いているらしい。

だけど彼等を事件の犯人候補として考えている二葉は、穿《うが》った見かたをしてしまう。

(夏祭りを中止にしたのは、私たち家族や町民のみんなから、事件の記憶を忘れさせるため……『夜ふかしの会』だって、そのために企画したとも考えられない？　事件の風化を狙って、っていうのは考えすぎ？)

二葉がいなくなってから両親を誘ったのも、犯人に繋がる情報を唯一持つ二葉との、接触自体を避けたかったからでは？

先ほど会ったときは、二葉が自分を覚えているか反応を観察していたのでは？

やはりあのふたりは共犯なのでは……と、二葉の推測は次々と止まらない。

そこでずっと黙っていたレイジが、フッと口角を吊り上げた。

「――いいですよ。『夜ふかしの会』のゲストとして、本物の怪談師の実力をお見せしましょう」

ハナと大樹は「わっ！」とそろって歓声をあげた。二葉は体をレイジの方に傾けて、ボソボソと話しかける。

「……どういうつもりですか？　ギャラも発生しないだろうし、先生はボランティアでそんなこと引き受けませんよね？」

「当たり前だ。会の運営があの宮司と氏子の男なら、確実にその場に来る。揺さぶりでもかけてやろうと思ってな。それに奴等が神社から離れる絶好の機会だ」

そう言うレイジはとても悪い顔をしていた。

二葉には彼の作戦の全容はまだわからなかったが、怪談を披露するというのなら、アシスタントとしてはサポートをするしかない。

解決を急ぐにも、レイジに従うのが一番だ。

(必ず真実を見つけてみせるから……待っていてね、おねえちゃん)

＊　＊　＊

そして――訪れた『夜ふかしの会』の当日。

会は日曜日に、夕方の部と夜の部の二回に分けて開催される。レイジが出るのは夜の部の最後、オオトリだ。

怪談話はもともと語るメンバーは決まっていて、ただ聞く側に回るだけの人の方が圧倒的に多い。

なぜ夕方の部なんてものがあるのかといえば、こちらはお子様向けだった。ライトな怖い絵本や児童書などをプロジェクターで映して朗読したり、妖怪やお化けの出るキッズアニメを流したり、希望者には暗幕を張った公民館の二階でちょっとした肝試しもできたりする。

また夏祭りの代わりとあって、公民館前では焼きそばやベビーカステラといった屋台、ヨーヨー掬いやくじ引きなどの縁日も、ささやかな規模だが用意されていた。

お子様に怖い話なんて……と危惧する親御さんもいるだろうが、意外にも怖い話を好む子供は少なくない。好奇心の塊である子供たちの想像力を、そういったものはいたく刺激するようだ。そのため肝試しなんかは特に、毎年希望者が殺到するという。

だがやはり、会のメインは夜の部。

薄雲に蝕《むしば》まれた月が空にかかり、涼風がグッと気温を下げる夜の八時。

町の小さな公民館の多目的ホールには、人が大勢詰めかけていた。平台を組み合わせたステージと、その前にパイプ椅子を五十席用意しただけのチープな会場だが、席は満員、後方には立ち見客もあふれ返っている。

『百物語レイジ』の名は、こんな地方の田舎でも効力は抜群で、噂を聞き付けた人が他の町内からも足を運んでいるようだった。

「ふん、普段に比べれば少ないが、客入りとしては上々だな」

ステージ横のドアの向こうで待機中のレイジは、ドアガラスからホール内を覗いて、よしよしと頷く。レイジの目的は別にあるとはいえ、やはりライブをするならひとりでも観客は多い方がいい。

「佐竹は客の整理係、田戸は司会役でどちらも中にいるな。これで舞台は整った。……で、なぜお前は、そんな潰れたヒキガエルみたいな顔をしている？」

「ちょっと……さっきの学校の怪談話でダメージを受けたというか……」

レイジの横では、二葉が具合悪そうにこめかみを押さえていた。それは先刻、地元劇団の青年が語った怪談話に起因している。

「ああ、あの話か。この土地の怪談話を持ってくるセンスは悪くなかったな。劇団員なこともあって声の抑揚なども熟知していた。まあ、総合的に俺には遠く及ばないがな」

「さすがの自信ですけど、問題は内容ですよ……」

その怪談話は近隣の小学校に、火傷《やけど》を負った着物姿の女の霊が出るという、二葉には覚えがありすぎるものだった。そう、二葉が初めて小学生の頃に遭遇した霊のことだ。

実は小学校ができる前、大正時代にまで遡《さかのぼ》ると、そこには大きなお屋敷が建っていたらしい。だが家業の関係で怨みを買い、深夜に放火されて逃げ遅れた奥様が焼死した。女の霊はその奥様だという。

(まさか十三年越しに、こっちの方の真実を先に知るなんて……)

あの霊はまださまよっているのか。二葉の数あるトラウマのひとつだ。

「なんでもいいがな。お前の仕事もここからが本番だぞ。俺が語りだしたらどう動くか、手筈はわかっているな？」

「っ！　大丈夫です、シミュレーションはバッチリです！」

「……途中で怖気づくなよ？」

「覚悟は決めました。やってみせます」

二葉は己の心臓に手をやるが、そこに乱れはなかった。

レイジの言うように二葉にはやるべき仕事がある。レイジと二葉、ふたりの本番はまさにここからだ。

「――よし。それじゃあ行くとするか」

蝶が羽ばたくように、レイジがいつものロウソク柄の羽織を翻す。

形からこだわるタイプの彼は、『夜ふかしの会』への出演が決まってから、なんと万世に連絡して、わざわざ羽織を速達で送らせていた。徹底しているなと、二葉は呆れたものだ。

パッと、ホール内の電気が落とされる。

ステージ上に置かれた行灯《あんどん》に淡い光が灯った。

「それじゃあ、いよいよスペシャルゲストの登場やぞ！　『怪談会の貴公子』『冥界からの使者』『美しすぎる怪談師』として名を馳せる百物語レイジさん、どうぞ！」

田戸は意外にもノリノリな司会ぶりで、レイジのやたら大仰な紹介を述べた。初対面時はレイジのことなど知らない様子であったし、単に手に持つカンペのメモを読んでいるのだろう。

レイジは堂々とした足取りで、簡素なステージへと上がった。途端、割れんばかりの拍手が起こる。

その拍手の渦を、レイジは綺麗な微笑みひとつで治めてみせた。

「こんばんは。今宵はこのような趣ある集いに、お招きいただきありがとうございます。僕がご紹介に預かりました、百物語レイジです。『冥界からの使者』とまでは、さすがに僕自身も初耳ですが」

出だしに軽く冗談を挟むのは、レイジの常套手段だ。こうして空気を解《ほぐ》すことで、このあとの話に客が入り込みやすくする。

さざ波のような笑いが起きたところで、レイジが長い指を四本立てる。

「さて、ロウソクの火が灯るこの夜、皆さんには四つの怪談話をいたしましょう。いまなんじ？　と時間を尋ねてくる女の霊の話、物が勝手になくなる不可解な部屋の話、廃校に響く悲しい校歌の話……そして最後に、神社で天狗に攫われた少女の話です」

最後の演目を聞いたとき、横並びに立つ佐竹と田戸、その片方がピクリと反応したのが、ドア越しでも二葉にはわかった。

そして二葉は足音を殺して駆けだす。

公民館の裏口から出て、停めてある自転車に跨がった。

学生時代に使っていたその自転車のカゴには、大きめのリュックサックが放り込まれていて、中身は折り畳み式のシャベル、軍手、懐中電灯などだ。この日のために、ホームセンターで使いやすいものを購入しておいた。

「……行こう」

頬を叩いて気合いを入れたら、一気にペダルを漕《こ》ぐ。

目指す先は天守神社だ。

——あの神社に赴いた翌日、レイジと二葉は次のようなやり取りをした。

「昨晩の怪夢で確かめて、改めてわかったことがある。最初に俺は、コマ姉が立札を指しているると言ったが、あれは間違いだった」

「間違い……？　どういうことですか？」

「コマ姉が指していたのは、おそらく立札の下……地面の方だ」

「地面って……ま、待ってください！　まさか……！」

二葉の脳内に、土にまみれた一葉の霊の姿がフラッシュバックした。レイジは皆まで言わなかったが、一葉の遺体が埋められているなら、あそこに霊がいる理由も説明がつく。

「……手っ取り早く、掘ってみるか」

「ウ、ウソですよね……本気ですか？」

強烈な目眩が二葉を襲った。

だけどレイジはどこまでも本気だった。

「俺は『夜ふかしの会』で出番が来たら、コマ姉に起こった天狗の神隠し事件のことを、『実は身近な人間の手によるものかもしれない』という体で語る。佐竹か田戸、あるいは両方が犯人であるならば、必ず気になって最後まで俺の話を聞くだろう。その間は確実に、奴等を神社から離しておける」

「その隙に、私に立札の下を掘りに行けと……無理です！」

「無理でもやれ。姉のことは、妹のお前がちゃんと見つけてやれ」

グッと、二葉は息を詰めた。レイジのその言葉が、ずっとうろたえていた二葉の心を固めさせた。

(本当に……これでも女性な私をひとりきりで、夜に誰もいない神社に送り出すってどうなの。しかも身内が埋まっているかもしれない、土を掘るためにさ)

命じるレイジもレイジだが、了承する二葉も二葉だ。

だけど夜風を引き裂いて回るタイヤは、止まることなく二葉を神社へと運ぶ。公民館からの距離は、自転車を使って約五分弱。

あっという間に着いた石段の入り口に自転車を停め、リュックを担ぐと、鳥居に向かって一目散に駆け上がる。途中で懐中電灯もつけて、境内の裏手へ。

立札のそばにリュックと、手元に光が当たるように懐中電灯を置いて、シミュレーションしたとおりにシャベルを組み立てる。それを軍手をした手で握って、恐々《こわごわ》と先端を地面に突き立てた。

一昨日までは雨模様だったおかげで、土はちょうどいいくらいに柔らかい。

そこからどんどんと掘っていく。

（私は、ここにおねえちゃんがいてほしいのかな、いてほしくないのかな……）

レイジの推理が的中して事の早期解決を祈る気持ちと、こんな寒く冷たいところに一葉がいてほしくない気持ちがせめぎ合う。

だけど掘り進めるごとに、霊が放つ独特の重苦しい空気は増していった。今は姿は見えないが、一葉の霊はすぐそこにいるのかもしれない。

「あっ……！」

カツンッと、シャベルが硬いものに当たる。

それなりに大きさがありそうだ。

だけどそちらを確かめる前に、そばに黒く尖った、プラスチック製らしきものが埋まっているのを見つけた。

「これって……」

二葉はシャベルを放り出して、手でそれを引き抜く。土をはらって出てきたものは、半分に割れた黒猫のお面だった。飛び出ていたのは三角の片耳の部分だ。あの夏祭りの夜に、一葉がつけていたものに間違いない。

「う……あ……」

お面を持つ手が震えて、言葉にならない音が口から漏れる。

硬い大きなものの方の正体も、掘り進めずとも自ずと悟った。少しだけ覗いている白っぽい表面は、年月を掛けて変わり果ててしまった、一葉の骨だ。

「おねえ、ちゃ……あ、あ、うあああああ！」

今まで溜めていた涙が堰《せき》を切ったように溢《あふ》れ出し、二葉は状況も忘れて泣き喚いた。

その場にうずくまって、お面を胸に抱き締める。

姉はここにいた。

こんなところに、十三年間も、ひとりぼっちで。

「ごめん、おねえちゃん、ごめん……私の、私のせいで……ずっとひとりにして……ごめん……」

涙が幾筋も伝う二葉の頬に、なにかがそっと触れる。

小さな子供の手。透けていて温度などないはずなのに、両頬を柔らかく包み込んでくるそれは……妹を想う、温かい姉の手だった。

『ふたばのせいじゃないよ』

『みつけてくれてよかった』

『わたしのおねがい、きいてくれてありがとう』

『ずっとだいすきだよ』

耳元でそんな声を聞いた直後、周りの空気がふわりと軽くなる。

天に上るように消えた細い光は、一葉の魂なのか、単に滲む視界に映った幻覚なのか。

なんにせよ、もうここに一葉の霊はいなくなったことが、二葉にはわかった。

座り込んだまま木々のざわめきを耳に、ぬばたまの夜空をぼんやり見上げる。

どのくらいそうしていただろう。

「そうだ……警察に通報して、先生にも連絡しないと……」

泣きすぎて頭がクラクラしたが、二葉はようやくお面を置いて立ち上がった。ジャージについた土などはそのままに、ポケットから緩慢な動きでスマホを取り出す。

しかしここで、重大なミスが発覚する。

「ヤ、ヤバッ！　マナーモードにしたままだった！」

公民館にいたときから戻し忘れており、レイジからおびただしい着信が入っているのに気付かなかった。

恐々と、通話ボタンをタップした——そのときだ。

「えっ……」

ザリッと足音が聞こえて、振り向くとそこには佐竹がひとりで立っていた。腕には長く太い角材を抱えている。眼鏡越しの目は血走り、走ってきたのか灰色のポロシャツは汗で色が変わっていて、赤らんだ顔が凄《すさ》まじい形相になっていた。

その姿が幼い頃に目撃した天狗に、二葉にはピタリと重なって見える。

レイジの言うとおり、当時は何倍も大きく見えていただけのようだ。

「うおおおおお！」

咆哮《ほうこう》をあげて、佐竹が角材を振り上げた。

「きゃあっ⁉」

二葉はとっさに飛び退《の》く。その拍子にスマホは手から滑り落ちた。

角材は二葉のいたところの地面を、グシャリと容赦なく抉る。

(あ、あんなの、頭にでも当たったら死んじゃう……！)

いや、佐竹はまさに二葉を始末する気なのだ。すべてを知った二葉を、真実ごと闇に葬るために。

「や、やっぱり、犯人はあなただったの……⁉　田戸さんは……！」

「た、田戸はなにも知らないよ。こ、こ、こ、これは私と、あ、あの子の、一葉ちゃんの問題だ！」

「っ！　あなたがおねえちゃんの名前を呼ばないで！」

二葉の中で煮えるような怒りが湧いた。

全身を駆け巡る激情に、キツく握った拳が戦慄《わなな》く。

「どうして私たち家族から、おねえちゃんを奪ったの⁉　こんなところに埋めて隠して！　なんでおねえちゃんを殺したの⁉」

「こ、殺すつもりなんてなかったんだ！　わ、わ、わ、私はただ、あ、あの子の望みを、叶えてあげようとしただけで……！」

(望み？)

佐竹は口から泡を飛ばす勢いで、「ち、ち、ち、違う、違う、私は悪くない！　あの子が抵抗したから……抵抗したから……」と独り言をグルグルと繰り返している。完全に正気ではなかった。

霊や天狗などよりコイツの方がよほどバケモノだと、生きた人間の恐ろしさに二葉はゾッとする。だが怯えている場合ではない。

今の隙に逃げられないかと、二葉は一歩後退するも、ギョロリと佐竹の目玉が二葉を捉える。

「逃がさないぞ……！」

フーフーと鼻息荒く、またしても佐竹は角材で殴り付けようとしてくる。二葉は空いた手で、近くに転がっていたシャベルを掴んだ。

(殺されてたまるもんか！)

二葉は渾身の力で、シャベルで佐竹の足を狙った。逆に思い切り殴ってやれば、鈍い振動が腕まで伝わる。

「ぐっ……！」

佐竹が痛みに呻き、その場に足を押さえて蹲《うずくま》った。

二葉はシャベルを握り締めたまま、鳥居の方へと走る。

「誰か！　誰か助けてくださ……うあっ！」

しかし焦る余りか、なにもないところで派手に転倒してしまう。カラカラと遠くの方にシャベルが飛んでいく。

後ろからはすぐそこまで、佐竹が足を引き摺って追ってきていた。

起き上がろうにも力がうまく入らなくて、二葉はぎゅっと目を瞑《つぶ》る。

(おねえちゃん……！)

「――二葉！」

鼓膜を震わせた声は、姉のものではなかった。

だけどよく知る、耳に馴染んだ低く艶のある美声。

「先生……！」

レイジは前方から助走をつけて、倒れる二葉を一足飛びに越えると、その長い足で強烈な回し蹴《げ》りを佐竹の側頭部に決めた。よろける佐竹に、レイジは着地した方の足を軸に、もう一発蹴りをお見舞いする。

「ううっ」

佐竹は白目をむいてのされ、うつ伏せに地面へと崩れる。

だがレイジは抜かりなく、伸びた背に膝で体重をかけ、片腕も捕まえて拘束した。お手本のように見事な流れだ。

「まったく、手間を取らせられたな」

チッと舌打ちするレイジに、呆気《あっけ》に取られていた二葉は我に返り、どうにかヨロヨロと上半身を起こす。転んだときに擦れた頬が、じんわり痛い。

「た、助けてくれて、ありがとうございます……先生って、そんな不健康なのに強いんですね……」

「不健康は余計だ。怪夢解決の一環で心霊スポットに行くと、たまにバカな不良がたむろしているからな。絡まれたときのために、バンから対処する術は教わっている」

万世は見た目のイメージどおり、空手や合気道などの武術の心得があるらしい。

レイジは必死になって駆け付けてくれたようで、片手で乱れた髪をかき上げる。

「お前が電話に出ないせいで、こっちは無駄な冷や汗をかいた。公演が終わってからも、佐竹と田戸のことは見張っていたんだがな……。俺が握手やサインを求められている隙に、田戸は客と談笑していたが、佐竹の姿だけ会場で見失ったんだ。嫌な予感がしてみれば案の定、佐竹はこちらに来ていたな」

「すみません、電話に気付かなくて……あ、おねえちゃんの遺体は……」

「……いい。電話はお前が佐竹に襲われたときから、ずっと繋がっていた。もう警察には通報してある。じきに到着するだろう」

するとちょうど遠くの方から、パトカーのサイレンが聞こえてきた。

レイジがいつもと変わらぬ調子で、だけど心なしか優しく「よくやったな」と告げる。

そこでやっと〝すべて終わったんだ〟という安堵《あんど》が、二葉の胸にあふれた。一度止めたはずの涙が再び流れ出す。

「……泣いている女の慰めかたは、俺にはわからんぞ」

「励ましかたもわからないくらいですもんね。いいですよ、先生はそこにいるだけで」

困った顔を晒《さら》すレイジにほんの少し笑えて、次いで圧倒的な疲労感が二葉の全身を這いずり回る。

（とにかく今は、帰ってお風呂に入って寝たい……）

おそらく警察の事情聴取などは、ひととおり受けなくてはいけないだろうが……。今夜は久しぶりに、なにも考えずにぐっすり眠れる気がした。

――こうして二葉の長い夜は、波乱の末に幕を閉じたのだった。

夜明け

十三年前、行方不明になっていた少女を遺体で発見――。

それはそれなりにニュースにはなったものの、二葉が予想していたよりは、メディアで大々的に取り上げられなかった。都内で大規模な銀行強盗事件がリアルタイムに起きていて、世間の関心はそちらに向いているらしい。

遺体を発見した経緯も、匿名で通報があったということになっており、レイジの名前も二葉の名前も一切表には出なかった。特に有名人なレイジは、出ていたら面倒なことになっていただろう。

一時は疑いをかけてしまった田戸は、事件になにも関わっておらず、警察に佐竹のことを聞かれて「彼がそんな……信じられんわ」と顔を青ざめさせていた。

当の佐竹は、死体遺棄などの容疑で逮捕。彼いわく、二葉にも吐露したように、本気で殺すつもりはなかったのだという。

佐竹は神社へ熱心に訪れる一葉と、最初は普通に仲良くしているだけだった。

一葉も佐竹には懐いていて、優等生な彼女は溜め込む性格であったため、愚痴なども彼相手には吐き出していた。一葉にとって、佐竹はほどよい距離感のなんでも話せる大人だったのだろう。

だが佐竹はそんな一葉に対し、次第に並々ならぬ執心を抱くようになる。まるで彼女の〝神様〟にでもなったような、おかしな気になり、一葉の〝望み〟ならなんでも叶えてやりたいと思ったそうだ。

そしてある日、たまたま落ち込むことが重なっていた一葉は、こんなことを口にしてしまう。

「私もあの歌みたいに、天狗さんに連れられて遠くへ行きたい」……と。

もちろん、一葉からすればポロッと零れただけの戯言《ざれごと》だ。きっと本人も忘れているくらいの、他愛《たわい》のない発言。現に夏祭りの夜、歌をネタに二葉がからかったとき、一葉は純粋に天狗を怖がっていた。

だけど佐竹は、一葉のその望みを本気にした。

望みを叶えるために、天狗の格好をして一葉を誘拐しようと企てた。攫ったあとのために、遠くの県に行く準備も進めていたらしい。

彼はまず、攫いやすいように狙いを定め、一葉を夏祭りの夜に神社に誘《おび》き出すことを考えた。そこで、好奇心旺盛な妹・二葉の存在を利用し、虹色のぼんぼりなんてものを用意して、人気のない境内の裏で事を決行した。ぼんぼりの灯りを一瞬停電させたのも、祭りの運営側であった彼には造作のないことだった。

しかし、連れ去る途中で一葉が暴れ、もみ合っている最中に、彼女は転んで礎石に頭を打ってしまう。打ちどころが悪く即死だったそうだ。

佐竹は一葉の遺体を埋めて、そのまま神隠し事件に仕立て上げた。

当時、宮司を務めていた佐竹の父親も、息子の罪の隠蔽《いんぺい》に協力していた……と、佐竹はすべて洗いざらい白状した。

二葉からすれば、佐竹にどんな裏側があろうと、姉を死に追いやった人物に違いはない。一生許すつもりはないし、それはハナも大樹も同じだ。

すべての真実を知ったとき、ハナは泣き崩れて、大樹もそんなハナを支えながらも静かに泣いていた。だけどふたりは、『夜ふかしの会』が終わって家でくつろいでいた際、一葉の霊と思わしきものと遭遇してから、どことなく予感はしていたという。

「台所でお酒のおつまみを用意していたらね、背後に気配を感じたの。振り返ると、昔のままのあの子が笑っていて……すぐに消えてしまったけど」

「俺も、リビングのドアがひとりでに開いて驚いたよ。『ただいま』って、一葉が言った気がしたんだ」

……それらの現象が起きた時間はちょうど、天に上る一葉の魂らしき光を、二葉が見た時間と一致していた。

解釈はいかようにもできるだろう。二葉が自分の霊感のことを両親に明かして、それは一葉の霊だよと、肯定してあげることもできた。

だけど二葉はあえてなにも話さず、やっと家族のもとへ帰れた一葉に「おかえりなさい、おねえちゃん」と虚空に告げた。

それから、先にレイジが東京へと戻り、二葉もその数日後には金沢を発った。

いまだ元気のない両親を置いて発つことに、二葉は気が引けていたが、かえって両親が二葉の背を押してくれた。ここにいるより、あちらでやることがあるだろう、と。ただもっとマメに里帰りはするよう念を押され、二葉は素直に了承した。

そして――。


「先生、お久しぶりです！」

東京に着いた当日の昼過ぎ。

二葉はアパートでの荷解きもそこそこに、レイジの事務所へと出勤した。なんとなく、数日ぶりのレイジのご尊顔を早く拝みたくなったのだ。だが安眠期間のレイジは、奥のベッドの方で深く眠っているようだった。

ソファに腰掛けて、下で万世に会ったときに預かった差し入れをテーブルに置く。本日は特製カスタードプリンらしい。

二葉からは代わりに、金沢土産のあんころ餅を渡しておいた。ほどよい甘さの餡《あん》の衣を、もちもちのお餅が纏ったこの和菓子は、二葉の子供の頃からの好物だ。万世もにこやかに受け取ってくれた。

「待っているのも暇だなあ……よし」

じっとしていられない性分の二葉は、テーブルやデスク周りの片付けを始める。

ちょっと目を離した隙に、カップラーメンの空がまたしても積み上がり、書類や資料もぐちゃぐちゃに放置されている。やれやれとため息しか出ない。

「……なんだ、戻ってきていたのか」

「あ、先生おはようございます！」

ある程度片付けたところで、レイジが起きてきた。ゴミ袋を両手に持つ二葉を見て、なんだか幽霊でも視たような顔をしている。

いや、彼には霊は視えないわけだが……。

「なんですか、その表情は？」

「……お前はあのまま、金沢に残るんじゃないかと考えていてな。近いうちにこっちのアパートは引き払って、アシスタントも辞めるんじゃないかと」

「え、なんで⁉」

「実家を嫌がっていたのは、姉のことでわだかまっていたからだろう？　それを解決した今、両親のことを心配して、あちらでまっとうな就職先を探してもおかしくはない。むしろ辞表を持ってきたのか？」

「いやいやいや、辞めませんし！　私はまだこれからも先生のアシスタントを続けるつもりですが⁉　でも、まっとうじゃない自覚はあったんですね！」

そんなことを言われたら、むしろ二葉は「え、先生は私に辞めてほしいの⁉」と、ゴミ袋を手から落としてオロオロしてしまう。一葉の件では、レイジに迷惑を掛けた気がしないでもないので、遠回しのリストラ宣告だろうか。

しかし二葉の動揺に反して、レイジは「辞めません」という二葉の言葉に、「そうか」と柔らかく微笑んだ。

それは、普段のニヒルな笑みでもなければ、兄を模倣したものとも違う。

素のレイジの、飾りのない笑顔だった。

（う、わ）

二葉は自分の頬に、熱が一気に集中していくのを感じる。

その熱に引っ張られるように、レイジが佐竹から助けてくれたとき、『二葉』と自分の名を呼んだことを思い出した。

あのときはそれどころではなかったが、ちゃんと呼んでくれたのは初めてだ。

彼の美声で紡がれた名は、どうしてだか特別な響きを帯びていた気がする。

「ではこれからもコマには、バンバン働いてもらわなくてはいけないな。より健やかな眠りが俺に訪れるよう、常日頃から尽力しろ」

笑顔を取り去り、あっという間に喰《く》えない表情に戻ったレイジは、尊大な態度で腕を組む。二葉も頭を振って熱を散らした。

そして、レイジを正面から見つめて伝える。

「いいですよ。いつか先生のその隈が、跡形もなく消えるまで……怪夢を完全に見なくなるまで、私が付き合ってあげます」

「ハッ、死ぬまでかかりそうだな」

二葉はあえて口にはしなかったが、レイジの兄のことを解決するまでは、彼のそばにいるつもりだ。二葉の姉のことを解決してくれたのだから、今度は自分がレイジを助ける立場になりたかった。

（それにお兄さんのことが解決したら、先生の特異体質だって治す糸口を掴めるかもしれないしね！）

たとえレイジ本人が、もう己の体質のことを諦めていたとしても。

二葉は彼の隣で最後まで、諦めずに治す方法を探す覚悟だ。

「だが怪夢を解く手伝いだけが、コマの仕事じゃないぞ。さっそく明日、下北沢の劇場で、ランプとのツーマンライブの予定がある」

「え、そうなんですか⁉　ランプさん大喜びじゃん……！」

「またとっておきの百物語を披露してやらねばな」

レイジはソファに体を沈めて、二葉に寝起きのコーヒーを要求する。二葉もはいはいと準備に取り掛かった。

二葉とレイジの眠れない夜は、まだまだ続きそうだ。

「また火が灯る夜にお会いいたしましょう」

この物語はフィクションです。
実在の人物、団体等とは一切関係がありません。
本書は書き下ろしです。

編乃肌先生へのファンレターの宛先

〒101-0003　東京都千代田区一ツ橋2-6-3　一ツ橋ビル2F
マイナビ出版　ファン文庫編集部
「編乃肌先生」係

ファン文庫

百物語先生ノ夢怪談
～不眠症の語り部と天狗の神隠し～

2021年6月20日　初版第1刷発行

著　者　　編乃肌
発行者　　滝口直樹
編　集　　山田香織（株式会社マイナビ出版）、須川奈津江
発行所　　株式会社マイナビ出版
〒101-0003　東京都千代田区一ツ橋2丁目6番3号　一ツ橋ビル2F
TEL 0480-38-6872（注文専用ダイヤル）
TEL 03-3556-2731（販売部）
TEL 03-3556-2735（編集部）
URL https://book.mynavi.jp/

イラスト　　TAKOLEGS
装　幀　　前田麻依＋ベイブリッジ・スタジオ
フォーマット　　ベイブリッジ・スタジオ
ＤＴＰ　　富宗治
校　正　　株式会社鷗来堂
印刷・製本　　中央精版印刷株式会社

 ISBN978-4-8399-7553-1
Printed in Japan